Christian Caruso

NON SI PUÒ
MORIRE
PER LACAN

EPISODI

LE FRASI FATTE PER FARE COLPO
AL BAR DELLA MILONGA,
LE TECNICHE DEL KARMA MARKETING
E LA VENDITRICE BUDDISTA
DELLA POPPUTI EDITORE

Mi sento stanco, confuso, non riesco ad organizzare le idee, vorrei fare mille cose lasciate in sospeso, ma non riesco a combinare nulla. Sento che devo prendere in mano la mia vita, dedicare il mio tempo all'arte, alla musica, alla cultura, ma alla fine l'apatia mi vince e armato di telecomando mi adagio sul divano per la pennichella pomeridiana. Accendo la TV e finisco su uno di quei documentari dove cercano di farti credere che anche in America Latina hanno tradizioni millenarie. Il filmato racconta l'Argentina e il suo simbolo per eccellenza: il mitico *Gaucho,* il cow-boy delle Pampas, l'uomo fiero che percorre libero il suo Paese a cavallo. Con un filo di malinconia, il documentario racconta che i gauchos, al giorno d'oggi, purtroppo non sono altro che un ricordo annebbiato nelle campagne sperdute delle pampas. Sono talmente disinteressato alla cosa che quasi perdo conoscenza mentre parte il racconto sulle meraviglie del tango argentino. Il ritmo cadenzato in sottofondo mi rianima. Riapro gli occhi e le movenze eleganti e passionali dei ballerini mi fan salire un'irrefrenabile euforia. Balzo giù dal divano e irrequieto inizio a far su e giù per casa. Anch'io vorrei essere uno di quei tangheri che, con la camicia bianca, i capelli neri tirati all'indietro e lo sguardo pieno di passione latina, guidano con maestria ed eleganza la propria ballerina. Ho deciso: è arrivato il momento di prendere lezioni di tango! Vado sul web e scopro che a due isolati da casa c'è una milonga dove organizzano corsi di tango argentino per principianti. In tutta fretta scendo in strada, faccio per svoltare l'angolo e, distratto dalle luci delle vetrine, non mi accorgo del sopraggiungere di una venditrice di libri da strada della temibile *Popputi Editore*. Quelle della Popputi sono tra le più preparate venditrici, vengono addestrate in campi paramilitari ad una ferrea disciplina fisica ed apprendono le più avanzate tecniche di *Sex Marketing* e *Vendita Ipnotica*. La vedo arrivare, faccio finta di nulla, e approfittando del crepuscolo, mi dileguo in un vicolo buio. La venditrice ha in dotazione un rilevatore di calore ad infrarossi e mi intercetta. Allungo il passo, ma con un balzo felino mi assale da dietro sbattendomi in terra. «Dove credeva di andare, eh?!» «Dottoressa non l'ho vista lo giuro, non volevo evitarla! Stavo solo attraversando la strad...» «Bugiardo che non è altro! Non sono qui a farmi prendere in giro da lei, ha capito?! Forse non lo sa che quando si vende un libro non si vendono soltanto pagine di carta, inchiostro e colla, ma si vende un'intera vita! Amore, amicizia e il mare di notte; c'è tutto il cielo e la terra in un libro! Ed invece lei che fa?! Scappa come un coniglio?! Non lo sa che noi della Popputi crediamo che la lettura sia un modo per vivere dieci, cento, mille vite?!» «Sì, ha ragione Signorina, permetta che mi presenti: mi chiamo Kevin. Ammetto di aver sbagliato, non avrei dovuto cercare di evitarla. E' che sto andando ad iscrivermi ad un corso di tango argentino e non vorrei trovare chiuso». Immediatamente il tono si fa disteso: «Mi chiami pure Tania, anch'io adoro il tango! Sono contenta che abbiamo la stessa passione!» Il suo sorriso non mi lascia indifferente e quindi vado in avanscoperta con una delle mie frasi ad effetto studiate per fare colpo: «Si Signorina il tango è meraviglioso perché unisce la passione della danza e la malinconia della musica!». La frase fa centro e infatti: «Ah, Kevin, ma allora lei è una persona sensibile?» Non mi lascio scappare l'occasione: «Vede Tania, senza falsa modestia non le nascondo che lo sono. Infatti mi piace la musica, l'arte e la natura e se non sono troppo sgarbato vorrei invitarla a far coppia in milonga» «Ma lei è proprio un cavaliere! Però mi scusi, se ancora non sa ballare non le sembra prematuro invitarmi?» «Ehm, signorina in effetti credo di essermi fatto prendere un po' troppo dall'entusiasmo». La venditrice nota immediatamente il mio imbarazzo e non si fa scappare l'occasione: «Signore non si preoccupi, io la capisco e sono qui per aiutarla». Prende amorevolmente le mie mani tra le sue e con voce dolcissima: «Lo sa che lei è proprio fortunato?! Proprio settimana scorsa, edito dalla Popputi Editore è uscito il volume *Experto en tango en quince minutos*, non può farselo scappare!» Mi mette in mano il libretto: «Ok d'accordo Tania, ma quanto costa?» «Kevin, la prego con noi della Popputi non parli di denaro! Da tempo abbiamo superato il concetto di prezzo! In casa Popputi abbiamo ribaltato la stantia logica commerciale tradizionale perché per noi della Popputi la cultura non ha prezzo! Comunque in sostanza sono centocinquanta euro» Rimango basito: «Ma scusi, va bene il concept, ma mi sembra caro per un libro!» «Si certo, capisco che alla prima impressione può sembrare caro, però si tratta di una nuova edizione aggiornata con ben cinquanta frasi fatte da dire al bar della milonga! Vedrà che anche senza saper ballare farà un figurone perché sembrerà un perfetto esperto di tango!» Completamente disarmato pago e faccio solo in tempo a chiedere: «Tania, volevo complimentarmi con lei, ma dove ha imparato queste tecniche di vendita? E' riuscita a rifilarmi un libro a centocinquanta euro!» «Mio caro Kevin, la tecnica che ho usato con lei è una delle più banali. Ora il trend è il *Karma Marketing,* una disciplina che insegna ai clienti che la sofferenza nasce dal desiderio egoistico del possesso e li invitiamo a offrire denaro in cambio di nulla» «Ma scusi!? Come in cambio di nulla!? E i diritti dei consumatori?» «Mah, lasci perdere queste stupidate, qui si tratta di raggiungere il *Dharmakaya,* una coscienza cosmica di vendita di pura luce! In pratica si paga per vivere l'esperienza dell'acquisto in senso spirituale, perché per noi della *Popputi Editore* vendere innanzitutto è un'esperienza mistica! Lo sa che prima di diventare venditrice Popputi bisogna fare due anni di tirocinio in un tempio Tibetano?» «Ah, ma allora lei è buddista?» «Certamente! Noi della Popputi siamo tutte un po' buddiste! Altrimenti come avremmo potuto vendere libri per strada?»

LA MAESTRA ZEN ARYOSHI IMIKA,
LE TECNICHE DI YOGA ESTREMO,
E I SENTIMENTI DEGLI UOMINI LOCCIA

Maledetto sabato! Mi sento addosso lo stress di tutta la settimana e non riesco a rilassarmi! Mi sposto da una stanza all'altra cercando di dare un senso al weekend, ma pian piano sento il grande vuoto che mi inghiotte. Vorrei fare mille cose, ma sono confuso, inconcludente. Devo reagire, devo riprendere la vita tra le mie mani! Ma cosa posso fare? Per darmi una risposta mi dirigo verso il divano: «Al diavolo ansia e stress! Una bella pennichella e vedi come passa tutto!». Per conciliare il sonno accendo la TV e finisco su uno di quei canali dove cercano di farti credere che il Tibet è un luogo meraviglioso. Dalla noia quasi mi addormento all'istante, quando ad un certo punto il documentario inizia a narrare i prodigi dello yoga. Il video mostra l'antico cortile di un monastero di alta montagna dove, al tramonto, i maestri Zen, immobili, nelle posture *Asana*, ispirano profondamente secondo gli antichi dettami del *Pranayama*. Una solennità, una pace, un senso di luce interiore mi pervade finché sento giungere l'illuminazione che mi prende da lì a poco. Mi fiondo giù dal divano: «Come ho fatto a non pensarci prima!

Faccio Yoga!» Mi assale un insano entusiasmo, vado immediatamente sul web e scopro che a due isolati da casa c'è l'associazione *Aryoshi Himika* che propone svariate pratiche meditative orientali. Dopo dieci minuti, mi presento alla reception: «Salve, mi chiamo Kevin, vorrei informazioni sui corsi, mi sento stressato e ho pensato che dello yoga mi farebbe bene...» «Buongiorno Kevin, ha fatto benissimo a rivolgersi a noi! Purtroppo i corsi base sono tutti *full*, è rimasto un solo posto per il corso di *yoga estremo*, perché non fa una prova oggi stesso? Pensi che oggi abbiamo l'onore di avere in sede Aryoshi Himika la titolare dell'associazione, la campionessa mondiale in carica di Yoga estremo!» Non faccio in tempo a rispondere che vengo scaraventato nello scantinato dell'associazione dove assisto a qualcosa di incredibile! Muovendosi lentamente, la maestra Aryoshi, va ripetendo in modo ossessivo una specie di nenia ipnotica. Poco distante, un gruppo di corsisti rannicchiati ai bordi dello scantinato, ipnotizzati, incapaci di muovere un solo muscolo, sembravano morti. La situazione è inquietante, mi metto paura e arretro per guadagnare l'uscita, ma con un balzo felino la Aryoshi mi assale gettandomi violentemente in terra. «Scusa signole, me non volevo aggledile, io contlo violenza! Sono maestla Zen, non avele paula! Li vedi questi signoli pel tella? Sono allievi di mio colso pel *Uomo Loccia*. Platicamente io sto insegnando a lolo a diventale tanti *Uomini Loccia*». Sono piuttosto scosso e disorientato per l'aggressione della maestra Zen, ma anche per questo *Uomo Loccia* che non capisco cosa voglia dire. Per fortuna, tutto d'un tratto appare la receptionista: «Allora Kevin, mi dica, come sta andando la prova?» «Bene bene Dottoressa, solo che la maestra Aryoshi mi parla degli *Uomini Loccia* ed io non capisco...». La Dottoressa a quel punto abbassa la voce per cercare una mia complicità: «Kevin, deve sapere che esistono alcune tecniche di yoga estremo che è meglio non sventolare ai quattro venti. Per farla breve diciamo che questi uomini stanno subendo una trasformazione della massa corporea» «Dottoressa, si tratta forse di una cura dimagrante?» «Non proprio, diciamo che il loro corpo subisce una mutazione da materiale biologico a materiale apparentemente inanimato». Sono incredulo e inorridito: «Dottoressa si rende conto di quel che sta dicendo?! Volete trasformare questi uomini in una specie di manichini!? Sono almeno consapevoli di quanto gli sta accadendo?!». Risponde la dottoressa piccata: «Le loro mogli certamente lo sono! Mi creda, non è semplice, con tutte quelle donne che vengono qui da noi implorandoci di aiutare i loro mariti con lo yoga estremo». Dottoressa, mi aiuti a capire, cosa chiedono queste donne? Come funziona questo yoga estremo?» «È semplice, il pacchetto base è di 8 sedute, ma se si segue con costanza, nel giro di qualche mese, il marito raggiunge un stato semi vivente, una specie di corallo, una statuetta che puoi tenere in giardino, oppure nell'acquario. Ci sono anche quelli che cambiano colore al cambiar del tempo!» «Mi perdoni dottoressa, ma è una cosa orribile! Cosa le fa credere che anche gli *Uomini Loccia* non provino sentimenti?! Certamente anche loro chiedono amore!» Tutto d'un tratto interviene la maestra Aryoshi, che perdendo la sua proverbiale calma Zen inizia ad urlare furiosa: «*Ma pelché non capisce che l'amole non domanda ciò che l'Altlo ha?! Olmai anche i bambini sanno che secondo Lacan amale è donale la proplia mancanza!*» «Mi scusi maestra, ma anche in Tibet si studia Lacan?» «Celtamente, sin dalle scuole elementali!» Sono totalmente basito, ma trovo le parole per chiedere: «Dottoressa Aryoshi, perdoni la curiosità, ma perché ha deciso di diventare maestra di yoga estremo?» «Pelché cledo molto nel matlimonio! A tal ploposito proprio questo sabato sul tellazzo della Linascente di Milano olganizzo una mostla melcato di tutti miei maliti *Uomini Loccia*». «Ah, perché li vende pure?!» «Celto che li vendo! E' un modo per allontondale! Altimenti pelchè mai dovlei peldele il mio tempo con lo yoga eslemo?»

3

LA MADRE SUPERIORE JULIETTE, LE BENEDIZIONI SERALI AI VOLONTARI E IL MALINTESO DEI PISELLI ODOROSI

Venerdì, un'altra dura settimana di lavoro è finita, finalmente posso rilassarmi e svuotare la testa da mille pensieri. Mentre mi scolo una birra avverto immediatamente un forte senso di nausea. Inizio a camminare inquieto per casa, ma non è l'alcol a farmi male, ma questa maledetta, vuota, piatta, grigia, scontata vita. No basta! Devo far qualcosa, ma cosa? Mi sento bombardato da mille pensieri e per rilassarmi mi sdraio sul divano ed accendo la TV. Finisco su uno di quei canali dove cercano di farci credere che l'ecosistema del pianeta è a rischio a causa del modello capitalistico. La cosa mi annoia al tal punto che quasi mi addormento all'istante, quando ad un certo punto il documentario inizia a raccontare di come i conventi riescano a resistere ai dettami del consumismo grazie a uno stile di vita semplice, votato all'essenza e spoglio di ogni bisogno superfluo. In video scorrono le immagini delle *Clarisse Dimenticate* un ordine religioso che ha la particolarità di essere composto solo da giovani monache di origini caraibiche, normalmente ex ballerine di salsa che per le ragioni più disparate, scelgono di fare vita monastica. Nel dormiveglia inizio a fantasticare di essere uno di quei monaci laici, buoni e coraggiosi, con lo sguardo fiero di chi fa del bene, che si sacrifica a condurre vita comunitaria insieme alle giovani monache caraibiche. Vorrei anch'io vivere finalmente una vita fatte di cose semplici ed essenziali! Basta con lo shopping! Basta con questa ottusa società dei consumi! Come preso da illuminazione mi catapulto giù da divano! Vado sul web e scopro che il più vicino monastero di Clarisse Dimenticate si trova a soli due isolati da casa. Sul loro sito leggo che in monastero vengono ospitate anche persone laiche che desiderano provare l'austera vita monacale. E' proprio quello che fa per me! Sono talmente entusiasta che dopo dieci minuti mi presento alla reception e vengo accolto da Maria Pia Dolores una novizia di Santo Domingo: «Hombre buenas dias, Dio te amas, come puedo aiutarla?» «Buongiorno mi chiamo Kevin, ho letto sul vostro sito web che il monastero accoglie laici, per caso avete ancora un posto libero?» «Que rico Kevin! Si claro, està un posto libre, pero por eso tienes que hablar con Juliette, la nostra Madre Superiora, ahora es impegnata, intanto venga conmigo para visitar el Monastero». Mentre camminiamo Pia Dolores mi racconta qual è la vita di tutti i giorni: «Vede mio caro amico, come ci insegna il Signore, qui le persone sono molto laboriose e tutti ci impegniamo e lavorano per il bene della comunità. Nella tenuta agricola, abbiamo un centinaio di ettari dove coltiviamo grano, pomodori, vigne e alberi da frutto. Poi grazie all'aiuto della Beata Vergine, queste merci vengono piazzate ai più importanti gruppi alimentari dal nostro potentissimo ufficio vendite» «Pia Dolores, mi perdoni, ma più che un monastero sembrate una multinazionale!» «Kevin, capisco che a prima vista può sembrare meramente un'attività commerciale, ma le assicuro che dietro a questo aspetto così terreno c'è un gran lavoro di spiritualità e redenzione. Lo sa che abbiamo decine di uomini che vengono qui da noi a fare i volontari nei campi, sotto al sole, anche per 14 ore al giorno? Durante la giornata, gli diamo solo un pugno di riso e una ciotola con acqua. Sono uomini che hanno deciso di sacrificare la loro vita pur di ricevere la benedizione serale dalla nostra superiora Madre Juliette» «Hermana Dolores, non le nascondo la curiosità di conoscere la Superiora, dev'essere una donna così buona! Ora sarà disposta a ricevermi?» «Kevin, purtroppo questo non è un buon momento perché solitamente a quest'ora la Madre Superiora si dedica ad annusare i *Piselli odorosi*, e quando lo fa non vuole essere disturbata per nessuna ragione» «Dolores, ma cosa diavolo sta dicendo?! Mi perdoni, ma non riesco a credere a una cosa del genere!» «Kevin, ha ragione, capisco che la cosa può risultare un po' bizzarra, ma annusare i *Piselli odorosi* è la sua più grande passione. E' una cosa che la manda in estasi! E poi Kevin, in fin dei conti, detto tra me e lei, cosa ci sarà mai di male ad annusare di tanto in tanto dei *Piselli odorosi?!*» Mi strizza l'occhio come in cerca di una intesa. Ero completamente basito, non riuscivo a capacitarmi della cosa, quando d'un tratto appare proprio Madre Juliette «Buongiorno buon uomo, Gesù la ama, lei è uno dei nuovi volontari?» «Buongiorno Madre Superiora, veramente sono qui perché vorrei provare a ritrovare la pace interior...». Vengo bruscamente interrotto: «Si, si d'accordo, ma non mi annoi con queste menate esistenziali, piuttosto venga con me che le mostro il mio ufficio e ci facciamo un bicchierino» Non trovo il coraggio di chiederle dei piselli odorosi e parliamo amabilmente del più e del meno, quando ad un certo punto: «Senta Kevin, è giunta l'ora di dare qualche benedizioni a fedeli, può aspettarmi qui se vuole, sarò di ritorno tra una manciata di minuti» Scompare dietro ad porta sul retro e dopo qualche istante sento inequivocabili rumori di scudisciate accompagnati da flebili lamenti. La cosa mi insospettisce, apro giusto un filo la porta e vedo Madre Juliette con degli stivali in pelle nera che scudiscia senza pietà un povero volontario che si contorce in terra dal piacere e dal dolore. Turbato da quella scena ritorno rapidamente sul divano facendo finta di nulla aspettando il suo ritorno: «Kevin perdoni l'attesa, ma questi fedeli sono davvero ferventi! Se ogni sera non do loro una benedizione come si deve non si sentono in pace con loro stessi!». «Madre Juliette, altro che benedizione! Ho visto come ha conciato quel poveretto! Ma le sembra giusto che dopo una giornata di lavoro nei campi sotto al sole i volontari debbano essere frustrati a quel modo?» «Kevin, la smetta di essere così ingenuo! Forse non sa che mezzo paese non vede l'ora di farsi benedire?» «Madre Juliette mi perdoni, ma questa è una cosa da depravati!» «Kevin si dia una svegliata! Ormai anche i bambini sanno che secondo De Sade - *Ciò che voi chiamate depravazione non è altro che lo stato naturale dell'uomo!* Non lo ha ancora capito che *la coscienza non è la voce della natura, ma dei pregiudizi?*» «Madre Superiora, non sapevo fosse anche un'esperta di De Sade!» «Sì certamente! Leggo De Sade dai tempi della prima Comunione!». Rimango ammirato e ammutolito da tanta sapienza, e seppur molto imbarazzato, non resisto dal chiederle: «Madre Juliette, perdoni l'irriverenza, è vero che a lei piace annusare i *Piselli odorosi?*» «Kevin, deve sapere che ogni sera qui al monastero arriva un furgone carico di giardinieri per sistemare le aiuole di *Lathyrus odoratus*, chiamato appunto *Pisello odoroso*. Quando entrano nel campo, io non resisto, li seguo e inizio ad annusarli uno ad uno. Quell'odore per me è irresistibile, mi manda in estasi! E poi Kevin mi scusi, ma con la vita di sacrifici che faccio, che male c'è se di tanto in tanto mi metto ad annusare qualche *Pisello odoroso?*»

4

LA CASSIERA FEMMINISTA DEL MARKET, LE BATTAGLIE AMBIENTALISTE DI DESDEMONA E L'AFRODISIACA RADICE ASIATICA 'MHAI PIÙ M'OSHIO'

Gironzolo per casa un po' annoiato, di mille cose che vorrei fare non ne imbrocco una, finché sconsolato mi avvio verso il divano per trovar ristoro nella pennichella pomeridiana. Per conciliare il sonno accendo la tv e finisco su uno di quei programmi dove cercano di farti credere che sarà la green economy a salvare il mondo. Dalla noia mi sto quasi per addormentare quando ad un certo punto parte un documentario sulle tribù aborigene che coltivano una particolare radice dagli straordinari effetti afrodisiaci. Il documentario racconta dei loro riti propiziatori: giovani donne che vengono iniziate alla pratica amorosa copulando con aitanti guerrieri per ore e ore, straordinari amatori, grazie appunto all'assunzione di questa radice denominata *Mhai più m'Hoscio*. Nel dormiveglia inizio a fantasticare di essere anch'io uno di questi aborigeni, capace di soddisfare le più voluttuose voglie delle cassiere dell'Upim, le donne più sensuali della città. Preso dall'eccitazione mi sveglio di soprassalto, vado sul web e scopro che a soli due isolati da casa esiste un mini market specializzato in prodotti naturali. Entro e sento la cassiera commentare sottovoce alla collega: «Jolanda, scommetti 10 bollini che questo è un altro depravato che cerca la radice asiatica?» Faccio finta di non sentire e tiro dritto per dissimulare le mie intenzioni prendo dagli scaffali prodotti a caso, ma della radice *Mhai più m'Oshio* neanche l'ombra. Arrivo in cassa e realizzo di aver acquistato alimenti di cui non conoscevo nemmeno l'esistenza. Mentre scorrono in cassa a fatica riesco a leggere le etichette: *Melone Yubari Ming* di Sapporo a trentanove euro, tronchetto d'anguria nera *'Densuke'* dell'isola di Hokkaido a quarantasette euro e una confezione di *Kopi Luwak*, un particolare caffè prodotto con le bacche defecate dallo zibetto tropicale a cinquantacinque euro. Pago il salasso quando la cassiera con voce dolcissima: «Signore è proprio sicuro di non aver dimenticato nulla?» «Ehm, sì, cioè no, ehm forse...». Accortasi del mio imbarazzo prende teneramente le mie mani tra le sue per mettermi a mio agio: «Buon uomo, non si preoccupi, si fidi di me, dica la verità, a me può dirlo, sarò molto riservata» «Signora cassiera, sì effettivamente, stavo cercando un prodotto che non ho trovato sugli scaffali, ma non ha importanza, lasci perdere» Improvvisamente, fissandomi dritto negli occhi, tira fuori un pacchetto con l'inequivocabile scritta *Mhai più m'Oshio* e con tono inquisitorio: «Cercava questo, vero?» In modo quasi impercettibile abbasso gli occhi. A quel punto la cassiera inizia a prendermi a male parole: «Lei è un depravato! È un impotente machista! Ma che razza di considerazione ha di noi donne?!» «Scusi signora, mi creda, ho un grande rispetto per le donne, semplicemente ho visto un documento in tv e mi sono incuriosit...». Mi interrompe bruscamente urlando sdegnata: «Ma, mi faccia il piacere! Ce l'ha scritto in faccia che è un porco! Ed ora se ne vada! Fuori di qui!». Esco in fretta dal minimarket prima che la situazione degeneri. Perplesso per l'accaduto mi incammino verso casa quando incontro un folto gruppo di attiviste che manifestano per i diritti degli animali. Ci sono quelle contro la mattanza delle balene, quelle per il ripopolamento dei felini e quelle che difendono i panda. Mentre il corteo sta sfilando, mi cade dalle mani la confezione di caffè proprio mentre passano le militanti del C.F.D.Z., il 'Collettivo Femminile in Difesa dello Zibetto'. La leader inizia a inveire contro: «Ma non si vergogna a comprare certi prodotti?! Lei è una persona orribile!» «Signora attivista, mi scusi, ma ci dev'essere un equivoco, le giuro che anch'io adoro gli animali!» «Mi chiamo Desdemona! Allora se adora gli animali cosa ci fa in mano con quella confezione di caffè *Kopi Luwak*?! Lo sa che per fare questo dannato caffè i poveri zibetti vengono costretti ad evacuare tutto il santo giorno?!» «Signora Desdemona ha ragione mi perdoni, è stato un errore, ammetto che non avrei dovuto acquistarlo». I toni dell'ambientalista si fanno più distesi: «Così va meglio, saper riconoscere gli errori e tornare sui propri passi è un segno di maturità, questo le fa onore». D'un tratto, mentre mi parla, i miei sensi di maschio predatore mi attivano quando Desdemona si passa una mano tra i capelli: «Vede, noi cassiere dell'Upim, quando vogliamo, sappiamo essere molto convincenti, non trova?» «Ah, lavora all'Upim! Che strana coincidenza!» «Quale coincidenza? Lavora lì anche lei? Non l'ho mai vista!» «No, ehm, non lavoro li... è che, che... Personalmente trovo le cassiere dell'Upim le donne più sensuali di tutta la città». «Oh, grazie! Lei è davvero galante!» Quel sorriso mi dà coraggio: «Desdemona, non mi prenda per un cascamorto, posso invitarla a bere un caffè?». «Si certo perché no, trovo la sua compagnia molto gradevole...». Giunti al bar, come un felino in agguato, tento l'affondo: «Scusi la franchezza, ma vorrei dirle che la trovo davvero molto bella! Desdemona per lei sarei pronto a fare follie!» A sentir quelle parole, la cassiera si fa scura in volto: «Di quale follie mi sta parlando, mi scusi?!» Il tono è da rimprovero: «Io ho le palle piene di questo concetto di follia, ha capito?! Oramai anche i bambini sanno che secondo Lacan *L'uomo non sarebbe tale se non portasse in sé la follia come limite della propria libertà* Perché diavolo non vuol capire che *E' necessario considerare la follia come la segreta compagna della libertà»* Mi perdoni Desdemona, non ho afferrato a pieno il concetto. Lei è a favore o contro la libertà?» «Amico mio vede, il concetto di libertà in sé non significa nulla. Ad esempio a casa mia sono io che decido cosa deve o non deve mangiare mio marito!» «Si certo! Ora vuol farmi credere che suo marito non è neanche libero di decidere se mangiare una lasagna o una bistecca?!» «Ma quale lasagna! Mio marito è un uomo felice perché si è evoluto. Io l'ho aiutato a liberarsi di questo fardello chiamata libertà! Per cena quindi nessuna lasagna, lo nutro esclusivamente con una particolare radice asiatica che compro in quel mini market laggiù. E dopo cena si va dritti in camera!». «Tutte le sere?» «Certo Kevin, altrimenti oltre che buttare la pattumiera, non vedo a cos'altro dovrebbe servire un marito!». Mentre rifletto su quanto vorrei anch'io disfarmi di quel fardello chiamato libertà faccio in tempo a fare un'ultima domanda: «Desdemona, perdoni la curiosità, Lacan lo ha studiato all'Università?» «No Kevin, lo conosco grazie ai bollini della spesa! Ogni volta che una scheda è completa si vince una lezione su uno dei suoi celeberrimi seminari. Ora mi scusi, la devo salutare, che devo preparare una cenetta per mio marito...»

5

LA CASA DI RIPOSO ANNI AZZURRINI
IL BUNGEE JUMPING PER GLI ANZIANI
E IL COMPOSTO SEGRETO SQTSR

Mi sento profondamente in colpa, ma non riesco a capire per cosa, eppure tratto tutti con garbo e rispetto. Ma allora cos'è questo nodo che mi stringe la gola? Cerco di calmarmi, mi stendo sul divano e accendo la tv. Finisco su uno di quei documentari con le immagini in bianco e nero dove cercano di farti credere che le generazioni del passato erano meglio della nostra perché avevano dei valori. Dalla noia quasi mi addormento, quando ad un certo punto, il documentario inizia a raccontare dei sacrifici che hanno fatto gli anziani per la nostra società e di come questi, con l'avanzare dell'età, vengano purtroppo lasciati soli o rinchiusi in squallidi ospizi. Mi desto all'improvviso come se avessi ricevuto un pugno allo stomaco. Un grande senso di ingiustizia mi pervade, sento che devo trasformare questa rabbia in energia positiva, ma come? Poi, come preso da improvvisa illuminazione: ma certo, con il volontariato! Nel mio piccolo anch'io posso fare qualcosa per questi poveri anziani! Un rinnovato senso civico mi pervade. Scendo in strada e mi presento alla casa di riposo

Anni azzurrini che dista solo due isolati da casa. Ad accogliermi, la direttrice, Dottoressa Jacopa Roma Scardanelli: «Bene, e così vuol fare volontariato con i nostri vecchietti? Lei certamente deve essere una persona di cuore, mi sbaglio? Come ha detto che si chiama?». «Mi chiamo Kevin e sento di dover far qualcosa perché sono una persona sensibile». «Bene, allora venga, facciamo un giro che le mostro cosa facciamo per i nostri ospiti. Vede quelle porte colorate? Lì realizziamo le attività per tenere belli arzilli i nostri vecchietti: nella stanza gialla c'è il laboratorio di *Parkour*, la verde è attrezzata per il *Free Climbing*, mentre nella stanza rossa si allenano per i lanci di *Bungee jumping* che facciamo sul tetto la domenica mattina subito dopo la Santa Messa». Sono basito ed esterrefatto: «Mi perdoni, Dottoressa Scardanelli, ma questa cosa che fate la domenica è molto pericolosa!». La Scardanelli risponde piccata: «Kevin, mi spiega cosa fanno di male i nostri poveri vecchietti se la domenica si riuniscono in preghiera?! Spero non voglia deludermi dicendomi che è un agnostico o roba del genere? Ormai lo sanno anche i bambini che gli agnostici sono quelli più esposti alle crisi esistenziali!» «Dottoressa mi perdoni, ci dev'essere un equivoco, io prima mi riferiv…» «Va bene, d'accordo, accetto le sue scuse, però non mi interrompa più quando parlo! Kevin, deve sapere che teniamo molto che i nostri anziani possano svagarsi. Abbiamo trovato nelle gite fuori porta una valida alternativa ai soliti cruciverba o alle noiosissime letture dei giornali. Settimana prossima, ad esempio, li portiamo a fare parapendio sul Monte Cimino, vuole unirsi a noi?». Sono esterrefatto: «Dottoressa, ma le sembrano attività adatte a dei vecchietti?! Bungee Jumping, Parapendio, ma siamo diventati matti!» A sentire quelle parole la Scardanelli va su tutte le furie: «Kevin, cosa crede di essere venuto qui a fare?! A spingere qualche sedia a rotelle?! Non lo sa che il *Terzo settore* oggi giorno ha bisogno di volontari di nuova generazione?! Non gente come lei che può fare al massimo dello squallido Decoupage!» «Ehm, mi perdoni e che mi stavo solo preoccupando per questi poveri anziani che...» La Scardanelli mi interrompe bruscamente urlando come un'ossessa: «Basta! È ora di finirla! Noi della *Anni Azzurrini* siamo stufi di questa immagine stereotipata, trita e ritrita del povero vecchietto! L'anziano di oggi è cambiato! Ha altre esigenze, vuole divertirsi e provare emozioni forti! Mi lasci dire che nel campo ci lavoro da anni. Prima bastava l'orchestrina e i vecchietti erano contenti, ora se non li porti in kayak sulle ripide in Ardeche si incazzano come belve. Kevin o come diavolo si chiama, ora mi ha stufato, di volontari come lei non so che farmene! Lei è buono a mala pena ad imboccare del semolino! Ora se ne vada! Fuori di qui!». Mi allontano, frastornato e incredulo, vago tra i corridoi in cerca dell'uscita, quando accidentalmente mi ritrovo di fronte ad un'avvenente infermiera in camice bianco: «Buongiorno signore, cosa ci fa qui, non lo sa che non è orario di visite?» «Buongiorno, ho avuto un colloquio con la Direttrice Scardanelli e non trovavo l'uscita. Mi chiamo Kevin, posso offrirle un caffè?». «Piacere Kevin, mi chiamo Wanda Ripetti Paladini e sono infermiera capo reparto, la ringrazio, un caffè lo bevo volentieri. Vado un attimo a vedere come stanno i vecchietti che stanno facendo ginnastica dolce e sono subito da lei». La Paladini si allontana ed entra in una stanza che dà sul corridoio. La porta fatalmente rimane socchiusa e non resisto nel dare una sbirciata. La scena che mi si presenta ha dell'incredibile: un istruttore in mimetica sovietica sta sottoponendo ad un durissimo allenamento militare una decina di anziani dal fisico scultoreo. La Paladini intanto armeggia delle enormi siringhe che utilizza poco dopo iniettando un liquido fluorescente dietro la nuca di ciascuno. Sono inorridito, vorrei reagire, ma la scena mi ha così turbato che rimango come pietrificato, nel frattempo mi raggiunge Wanda: «Eccomi Kevin, i nostri vecchietti sono in perfetta forma possiamo andare prendere questo caffè». Visibilmente scosso per l'accaduto non riesco a trattenere lo sdegno: «Senta Dottoressa Paladini, non faccia la gnorri con me, guardi che ho visto tutto! Cosa diavolo gli iniettate a quei poveri vecchietti? Perché sono così muscolosi?!» «Si calmi Kevin! Quello che ha visto è semplicemente una sperimentazione militare degli amici sovietici. Deve sapere che i Russi per primi hanno capito che quel siero ha sugli anziani un effetto sorprendente. Le iniezioni combinate ad un buon addestramento militare hanno il potere di trasformarli in perfette macchine da guerra, molto utili anche per picchiare i pacifisti durante le manifestazioni. In realtà mio caro Kevin, lo studio che stiamo portando avanti come *Anni Azzurrini'* è per un uso civile e pacifico». «Mi perdoni signora Paladini, ma non ci trovo nulla di pacifico nel trasformare delle persone in automi al servizio di qualcuno!» «Kevin è qui che si sbaglia! Il siero in realtà è la quintessenza della felicità, migliora i rapporti di coppia, ed è specificatamente studiato per quegli uomini che ancora non hanno capito che, con le rispettive mogli, è necessario fare una scelta tra *l'avere ragione o essere felici*» La Paladini incalza: «Il composto SQTSR è frutto del lavoro di alcune ricercatrici spagnole che hanno voluto dare un nome evocativo» «Cosa starebbe a significare quella sigla, è forse il nome della molecola?» «No Kevin, è l'acronimo di *Si Querida Tienes Siempre Razon*. È sufficiente che il marito faccia una bella sorsata, attendere qualche minuto che vada in circolo e, come per magia, nella coppia si ristabilisce l'ordine naturale delle cose» «Scusi Dottoressa Paladini, in questo modo che gusto c'è ad avere ragione? La donna così si perde tutto il godimento!» «Improvvisamente Wanda si fa scura in volto e con tono da rimprovero: «Kevin, di quale *godimento* mi sta parlando?! Ormai anche i bambini sanno che secondo Lacan *Il soggetto per definizione è mancante e non può che avere un rapporto interdetto con la sostanza del godimento!* Perché diamine non si vuole ficcare nella zucca che *Per il soggetto il sintomo non è nient'altro che un modo di godere?!* Ed ora perché fa quella faccia da pesce lesso?!» «Ehm, forse non ho compreso a pieno il concetto…». Ora il tono della Paladini si fa più dolce: «Kevin, non si preoccupi, ci sono qui io con lei». Prese a carezzarmi dolcemente la testa: «Mio caro lo sa che è proprio fortunato? Infatti proprio questo sabato negli scantinati dell'Upim organizzo un convegno sul IV seminario di Lacan, che è proprio quello che fa al caso suo. Mi dia trecento Euro in contanti che le tengo un posto nelle prime file». Mentre pago faccio appena in tempo a chiederle: «Dottoressa, mi perdoni la curiosità, ma perché proprio il *Bungee jumping* dovete fargli fare a questi poveri anziani?» «Kevin, loro ci vanno matti e poi i parenti sono d'accordo. E poi mi scusi, ma con tutti questi medicinali che li tengono in vita fino a 120 anni, me lo spiega lei come farebbe la Scardanelli senza il *Bungee jumping* a liberare posti letto per i nuovi arrivi?!»

6

I PASTORI MONGOLI DELLA BERGAMASCA, LE MISSIONI DEL VOLONTARIATO ESTREMO E I GIOVANI KAMBA CHE NON VOGLIONO PIÙ SALIRE SUGLI ALBERI

E' stata una settimana molto dura ed ho bisogno di staccare il cervello, ma ho mille pensieri per la testa e non riesco a rilassarmi. Inquieto, giro per casa senza meta, «Non posso andare avanti così, ho bisogno di rilassarmi» Tutto d'un tratto mi viene in mente che a due passi da casa c'è un centro dove si pratica lo yoga. Ci sarò passato davanti centinaia di volte, come ho fatto a non pensarci prima! Mi catapulto in strada, ma scopro che il centro si è trasferito, al suo posto ha aperto *La casa del volontariato*. Faccio per andarmene quando sento una voce femminile: «Buon uomo, aspetti, non se ne vada! Perché non entra, il centro è aperto!» «La ringrazio, ma sono qui per lo yoga, non sapevo che il centro si fosse trasferito» «Ah, vuole fare yoga...è forse un po' stressato?» «Beh si, effettivamente è stata una settimana molto dura e avrei bisogno di distendere un po' i nervi» «Si, certo la capisco signore. Effettivamente la vita cittadina impone dei ritmi alienanti, però guardi le dico per esperienza, che niente può far bene all'animo come dedicare qualche ora del proprio tempo a persone bisognose. Forza, si faccia coraggio e venga a scoprire quante belle cose si possono fare per gli altri!» Mi faccio convincere ed entro. Alla reception mi accoglie Madre Juliette, una monaca conosciuta qualche tempo addietro: "Buongiorno Madre superiora, cosa ci fa qui? Non dirige più il monastero?» «Certamente Kevin, ma quando ho qualche ora libera vengo a dare una mano ai più bisognosi. Lei piuttosto, scommetto che desidera partecipare alle nostre attività di *volontariato estremo*» «Guardi, veramente sarei qui per un corso di yog...» Mi interrompe: «Ah, l'Oriente! È la mia passione! A proposito di Oriente abbiamo un'iniziativa che fa proprio al caso suo e mi mette un dépliant tra le mani. «Questa attività non può farsela scappare!» «Ehm, grazie Madre Juliette, lo leggerò a casa con calm…». «Signor Kevin, non butti via il suo tempo così! la Casa del volontariato ha bisogno di persone come lei! Uomini sensibili e audaci allo stesso tempo! Lasci che le spieghi di cosa si tratta: stiamo creando un gruppo di volontari scelti per prestare aiuto a dei pastori nomadi originari della Mongolia. Per via dei sconvolgimenti climatici, con le loro pregiate capre da Cashmere, sono dovuti fuggire dal deserto del Gobi trovando nelle valli Bergamasche un clima favorevole e soprattutto grande ospitalità dalla gente del posto. Allora è dei nostri!?» «Ehm, veramente Dottoressa non so nulla di pastorizia, non vorrei essere d'intralcio» Incrocio lo sguardo di disappunto della Madre Superiora che, in cuor mio mai vorrei deludere: «Senta Madre Juliette, io adoro gli animali, ma proprio non me la sento di andare nelle bergamasca, avete un'alternativa?» «Si, certamente! l'esperienza che sto per proporle sono certa che le piacerà! Kevin, deve sapere che a pochi chilometri da Sondrio, vive da molti anni un enclave di Kenioti di etnia *Kamba* dedita alla raccolta *Mambuyu*, un prodotto simile al nostro caffè realizzato con i semi del Baobab di cui è ricca la Val Masino» « Ma, per quale motivo il fiero popolo Kamba ha bisogno di aiuto?» «Vede Kevin, questi semi si trovano in buona quantità solo sulle cime degli alberi, si tratta di arrampicarsi a mani nude anche per trenta metri. Purtroppo però, le nuove generazioni, i discendenti del fiero popolo Kamba, sono sempre più riluttanti a fare la raccolta. Sa com'è, son ragazzi! E anziché arrampicarsi se ne stanno tutto il giorno col telefonino in mano! Capisce bene che oltre al danno economico c'è il rischio di disperdere una tradizione secolare a cui anche i sondriesi ormai si sono affezionati. Allora Kevin è dei nostri?» «Ehm Dottoressa, a dire il vero io non so arrampicarmi sugli alb...» Non faccio in tempo a finire la frase che Madre Juliette inizia a urlarmi dietro: «Lei è uno smidollato! Ma come cazzo crede di fare volontariato estremo?! Spingendo qualche sedia a rotelle in un ospizio!? Se ne vada! Esca fuori di qui!». Per non far precipitare la situazione esco facendo gli scalini tre alla volta. Interdetto e disorientato, riprendo la via di casa quando appare una Corpulenta Badante Rumena che conobbi tempo addietro: «Buongiorno Kevin che sorpresa trovarla qui! Non sapevo facesse volontariato!». «Salve signora Badante, sì nei ritagli di tempo vengo qui a dare una mano a Madre Juliette» «Kevin sono orgoglioso di lei, questo le fa onore! Di quale progetto di volontariato si occupa?» «Sto seguendo un progetto che favorisce l'inclusione sociale di alcuni gruppi di pastori Mongoli nelle valli bergamasche» «Kevin, ma è una cosa meravigliosa! Non è da tutti voler aiutare gli altri, in particolare persone che arrivano da altri continenti! Mi dica, ma cosa la spinge a fare tutto questo?» «Vede signora Badante sono spinto da un profondo senso di solidarietà e poi le confesso che alle volte lo faccio anche per non cadere nella *noia*». Improvvisamente la badante si fa scura in volto: «Di quale noia mi sta parlando, mi scusi?» Il tono di voce si fa duro e sprezzante: «Come fa a non sapere che secondo Lacan *La noia è rigetto del già visto e del già conosciuto ed è un'autentica spinta verso l'Altrove?* Non capisco perché non si vuol mettere in zucca che *E' solo grazie alla noia che il soggetto fa l'esperienza del carattere oppressivo della routine?!* La badante si accorge dei miei occhi persi nel vuoto e di quanto subisco il suo carisma: «Non ha capito nulla, vero?». Il suo sguardo si fa dolce e conciliante: «Kevin, mio caro, perché sabato non mi fa compagnia? Venga al workshop sul VII seminario di Lacan che organizzo nel Foyer dell'Upim. Mi dia duecento Euro, alla prenotazione ci penso io, così è sicuro di trovare posto» Mentre pago aggiunge: «Kevin, mi tolga una curiosità, ma perché Madre Juliette si è arrabbiata così tanto con lei?» «Perché non ho voluto partecipare al progetto di pastorizia delle capre tibetane» «Kevin, ma perché no! Le capre tibetane sono così adorabili! Lo sa che nel giardino della casa in montagna, di queste caprette ne ho un gregge intero?!» «Mi perdoni signora badante, ma queste caprette chi gliele cura?». «Kevin ma è semplice! Prendo gli anziani che assisto e li spedisco su in montagna a pascolare. Deve sapere che per tenerli belli arzilli non c'è niente di meglio che farli stare all'aria aperta. Agli anziani piace molto stare a contatto con gli animali, e pure a me perché in questo modo mi si libera un sacco di tempo» «Signora Badante che bella idea, complimenti! Ma mi tolga una curiosità: come fanno i vecchietti con problemi di deambulazione su per le montagne? immagino che dovranno accontentarsi di stare nella sua casa di montagna con qualche assistente» «Kevin, mi spiace mai io in casa i vecchi non li faccio entrare perché sporcano dappertutto, li faccio dormire all'addiaccio insieme alle capre». «Mi scusi signora badante, ma questa è una cosa crudele! Li fa dormire al freddo e al gelo?! Ma almeno c'è qualcuno che gli porta da mangiare a questi poveri disgraziati?!» «Kevin, purtroppo no, vorrei tanto mi creda. Si nutrono di bacche che raccolgono nel bosco» «Mi perdoni signora Badante, ma quelli in carrozzella come fanno a raccogliere le bacche?» «Non lo so come diavolo fanno! Basta con tutte queste domande, che mi sta innervosendo! Non capisco perché viene a farmi la morale! Sono vecchietti felici, stanno all'aria aperta e a contatto con la natura che gli fa un sacco bene!» «Signora badante, si forse ha ragione, mi sono fatto prendere un po' troppo dalla preoccupazione. Posso confessarle una cosa? Non avrei mai immaginato che una Lacaniana come lei, con tutto il lavoro d'intelletto che ha da fare, riesce a trovare anche il tempo di dedicarsi alla pastorizia!» «Kevin, deve sapere che a causa dello strapotere dalle case farmaceutiche la Psicoanalisi rischia di essere messa da parte. E visto che per noi lacaniani si prospettano tempi bui ho preferito diversificare l'attività vendendo lana di Cashmere ai grossisti» «Ah, ma quindi alla fine lei ci fa del business?!» «Certo Kevin, altrimenti mi scusi, a me di fare la badante, chi me lo faceva fare?!»

7

LA DIRETTRICE ZLATARELLA REGINA PETROVA,
IL CIRCOLO DI SCACCHI J. GAGARIN
E I PROBLEMI NELLA RESTITUZIONE DEI MARITI

Non smetto di aggirarmi nervosamente per casa, la partita che sto giocando nella mia vita non sta dando i frutti sperati Non faccio le giuste mosse e spesso commetto banali errori di concentrazione. Ma cosa posso fare? Forse dovrei trovare qualcosa che mi aiuti ad essere più strategico e vincere finalmente la partita della vita! finché sopraggiunge lo sconforto e mi abbandono sul divano. Accendo la tv e finisco su un documentario che narra le gesta eroiche di grandi personaggi russi del novecento. Sono talmente disinteressato alla cosa che mi addormento quasi all'istante, quando ad un certo punto appare in video Kasparov, il più grande scacchista di tutti i tempi. Scorrono le immagini delle sue memorabili partite, di come giunse a celebrità e di quanto fosse corteggiato dalle donne. Nel dormiveglia, sogno anch'io di essere un campione di scacchi circondato da un nugolo di ammiratrici mentre con un'astuta mossa di alfiere sbaraglio il mio avversario. Sono colto da improvvisa illuminazione: gli scacchi! Come ho fatto a non pensarci prima! Vado sul web e scopro che a due isolati da casa c'è il circolo scacchistico russo *Jurij Gagarin*. Mi presento alla reception e sono accolto dalla Dottoressa Regina Petrova: «Benvenuto Compagno! Noi Russi amiamo gli scacchi sopra ogni cosa! Lei sa giocare?» «Beh, da ragazzo ho partecipato a qualche torn..». Con un'inflessione russa che ricorda Ivan Drago mi interrompe bruscamente: «Da, da, non abbiamo tempo di parlare di sua infanzia! Venga che le mostro una partita. Per non far perdere loro la concentrazione, mi raccomando non faccia alcun rumore». Sono immerso in un silenzio irreale, davanti a me una coppia di giocatori immobili davanti alla scacchiera. Una noia mai provata prima mi assale. Dopo due ore in piedi senza che succeda nulla inizio ad avere i primi indolenzimenti quindi mi stiro un po' le braccia. A quel punto il più anziano dei due si alza di scatto accusandomi: «E basta con questo frastuono! Così è impossibile giocare!» Sono incredulo: «Ma non ho fatto alcun rumore!» «Che impostore! Lo abbiamo sentito tutti fare quel baccano mentre si stirava le braccia!». Interviene l'altro giocatore: «Gian Carletto, hai ragione! Giocare in queste condizioni è impossibile! Mi sembra di stare alle giostre!» Dopo qualche secondo irrompe la Petrova urlando come una forsennata: «Le avevo chiesto di non far rumore ed invece si è messo a fare tutto sto bailamme!» «Dottoressa Petrova, le giuro che ho solo mosso un bracc...» Non riesco a terminare la frase: «Basta! Per tutte le cupole del Cremlino! Se pensa di essere venuto qui a comportarsi come un Hooligan da stadio si sbaglia di grosso!» Proprio in quel momento arriva un'amica della Petrova che interrompe la reprimenda: «Ciao Zlata, quest'anno li organizzi i camp estivi di scacchi per mariti?» «Ciao Evelina, si certamente! Ti tengo un posto, però mi devi promettere che a settembre te lo vieni a riprendere!» «Si, non ti preoccupare, te lo lascio giù solo un paio di mesi. Ma Zlatarella, ma perché dici così? Vuoi farmi credere che ci sono mogli che non ritirano il proprio marito?!». "Eccome Evelina! Vieni, andiamo giù nello scantinato che ti faccio vedere!» La Petrova apre una porta e con mio grande stupore vedo alcuni giocatori completamente immobili in posizioni plastiche, sembrano manichini: ce n'è uno nell'atto di muovere la torre, un altro che conta i pedoni e così via. Sono basito: «Dottoressa, vuole spiegarmi cos'è questo orrore?!» «Kevin si calmi! Ora le spiego come stanno le cose: mentre i giocatori sono concentrati su quale mossa fare, una speciale apparecchiatura messa a punto dai compagni in Pietroburgo, rilascia lentamente un gas criogenico che rallenta ai minimi il metabolismo. Non si preoccupi sono vivi e vegeti!» Poi, rivolgendosi all'amica: «Evelina hai visto come sono scorrette certe donne?! Firmano il contratto per l'estate, poi ci prendono gusto e me li lasciano qui tutto l'anno!». Un profondo senso di ingiustizia mi n prende lo stomaco: «Mi perdoni signora Evelina se insisto, ma le sembra corretto parcheggiare qui suo marito mentre lei se ne sta al mare a godersi le vacanze?!» «Guardi, mi piacerebbe molto fare le vacanze con mio marito, ma purtroppo non sopporta la vita da spiaggia, allora lo porto qui che almeno si diverte con i suoi amici!». «Ma signora Evelina, ma di quali amici mi sta parlando che sono tutti congelati come dei merluzzi! E poi mi scusi, ma suo marito non domanda il suo amore?» Improvvisamente la signora Evelina si fa scura in volto: «Di quale domanda d'amore mi sta parlando?!» Il tono di voce si fa duro e perentorio: «Ne ho le palle piene di questa domanda d'amore! Ormai anche i bambini sanno che secondo Lacan *L'amore domanda il segno della mancanza dell'Altro!* Com'è possibile che alla sua età non ha ancora capito che *La domanda d'amore, in definitiva, è domanda di mancare all'Altro!*» Mi perdoni Evelina, ma anche in Unione Sovietica studiate Lacan?» «Certamente! I bimbi studiano i suoi scritti già dalle scuole elementari, Lacan è il vero eroe nazionale, non Lenin come credono all'estero!». Sono basito, e prima di andarmene faccio un'ultima domanda: «Dottoressa Petrova, perdoni la curiosità, ma anche lei è sposata?». «Si noi donne Sovietiche crediamo moltissimo nel matrimonio, infatti mi sono sposata già cinque volte! Li vede quei signori crio-congelati laggiù? Sono tutti miei mariti» «Signora Petrova, scommetto che anche loro, come gli altri, non amano la vita di mare e preferiscono giocare a scacchi, vero?» «Kevin, ma questo è ovvio! Altrimenti a me, che manco so giocare a dama, chi me lo fa faceva fare di dirigere un circolo di scacchi?!»

8

L'AMBIENTALISMO SOVRANISTA, I CAPIBARA PUGLIESI A RISCHIO D'ESTINZIONE E L'ANTICA TRADIZIONE DELLE BOLAS RUMENE

Il cemento della città mi soffoca, mi sento irrequieto come se fossi chiuso in gabbia, avrei voglia di correre a piedi nudi su un prato in collina, quasi mi manca l'aria. D'istinto, apro la finestra come per sfuggire alla metropoli, ma davanti ai miei occhi si dispiega un grigio panorama di calcestruzzo. Mi sento morire, mi convinco ogni giorno di più che è necessario fare qualcosa per restituire alla natura il suo splendore, ma cosa posso fare? Mentre rifletto su come salvare il mondo vengo inghiottito dal divano per la pennichella pomeridiana. Accendo la TVK e finisco su un documentario che racconta le gesta eroiche di alcuni volontari che nel Mar del Giappone, con le loro piccole imbarcazioni, cercano di fermare la mattanza perpetrato dalle baleniere. Non so per quale strana ragione, mi assale il desiderio di essere uno di loro! Uno di quei volontari che si vedono in video, bei ragazzi coraggiosi, con i capelli scompigliati dal vento, la barba malfatta, le braccia muscolose e lo sguardo fiero perché mossi da sentimento di giustizia. Mi guardo e di tutto questo ho solo la barba malfatta, ma per iniziare è pur qualcosa. Balzo giù dal divano e sono già in strada diretto alla più vicina sede del WWF per iscrivermi come volontario. Alla reception: «Buongiorno, mi chiamo Kevin, vorrei fare il volont..». L'impiegata non mi fa finire di parlare e mi lancia un modulo da compilare. Tra le opzioni disponibili non trovo quella del salvataggio balene: «Mi perdoni signorina, ma per salvare le balene coma va compilato il modulo?». L'impiegata, che non è una maestra di accoglienza, inizia a guardarmi con un filo di disprezzo: «Eccone un altro pronto a far l'eroe con gli animali degli altri! Ma dico io, con tutte le specie che abbiamo da salvare in Italia lei va a pensare alle balene?! Bel senso patriottico, complimenti!» «Ehm, c'è un equivoco signorina, io amo l'Italia solo che ho visto un documentario sulle bal...». Vengo interrotto bruscamente dall'impiegata diventata paonazza dalla rabbia: «E basta con queste dannate balene! Sa cosa le dico? Io, del Giappone, me ne frego! Ma perché anziché di balene non si interessa ai nostri orsi, agli stambecchi e ai capibara pugliesi che sono specie a rischio per colpa dei banchieri e dei burocrati europei!» «Signorina, si calmi, lei ha ragione e che..». La smetta con questo buonismo da quattro soldi! Si aggiorni! Il nuovo trend ormai è *l'ambientalismo sovranista!* A proposito abbiamo lanciato la compagna *Capibara e Buoi dei paesi Tuoi.* Aderisce?» Nel mentre si avvicina alla reception una Corpulenta Badante Rumena di mia conoscenza: «Salve Kevin, non ho potuto fare a meno di ascoltare la conversazione, non sapevo che le piacessero così tanto le balene!» «Eh, Signora Badante, si effettivamente le adoro. Ma piuttosto mi dica, come mai anche lei qui?». «Kevin, come vede non è l'unico a preoccuparsi dell'ambiente. Ogni volta che ho un briciolo di tempo faccio qui una scappata per dare una mano alla natura» E mi strizza l'occhio come a sottolineare una certa intesa. A quel punto, prendo coraggio e tento di fare colpo con una delle frasi ad effetto provate e riprovate per ore davanti allo specchio: «Dottoressa, le confesso che quando parlo con lei mi sento bene. Lei è una delle poche donne che riesce a mettermi a mio agio». La Badante fa un timido sorriso. Il mio istinto predatorio coglie questi impercettibili segnali: è il momento di tentare l'affondo: «Signora, mi lasci dire che amo molto passare del tempo con lei, in questi momenti sento che non mi manca nulla!». All'improvviso la badante iraconda: «Non le manca nulla, eh!? Ma vuol capire che io le *mancherò proprio in quello che lei si aspetta possa darle*? Ormai anche i bambini sanno che secondo Lacan *l'Essere è per definizione Essere mancante*!» Continuando a urlare furibonda: «Perché non si vuole ficcare in quella dannata zucca che *è proprio questa mancanza che rende i soggetti eternamente insoddisfatti*!». Sono smarrito, non so che dire e la guardo con occhi persi. La sua voce intanto torna ad essere più dolce: «Non ha capito nulla, vero?» «Ehm, Signora effettivamente le confesso di aver perso qualche passaggio». «Guardi, allora facciamo così: la iscrivo ad un workshop sul XI seminario di Lacan che organizzo questo sabato nel foyer dell'Upim, così passiamo un po' di tempo assieme. In tutto fanno trecento euro, vedrà che avrà grandi benefici». Mentre pago mi mostra una onorificenza conferita dalla Regione Puglia per aver salvato da morte certa una colonia di rarissimi capibara pugliesi. Sono strabiliato: «Signora Badante, ma dove ha imparato le tecniche per salvare i capibara?» «Ho imparato allenandomi con gli anziani di cui mi prendo cura. Deve sapere che durante le passeggiate, alcuni di questi fingono di avere l'Alzheimer e cercano di fuggire, ma proprio come i capibara pugliesi non sono abili a nascondersi e lasciano tracce ovunque» «Ma una volta che gli anziani sono scappati come fa a riportarli a casa?» «Kevin, catturare un anziano è semplice. Io uso delle reti appositamente studiate per la cattura dei pensionati che si acquistano nel *deep web*, però per esperienza le dico che raggiungono la massima efficacia se vengono abbinate ad un colpo di Bolas». «Signora Badante, mi vuol far credere che una studiosa lacaniana come lei sa usare le Bolas?!» «Certamente Kevin, le so usare alla perfezione! Non c'è casa in Romania dove non trovino un paio di Bolas appese in salotto. Lo sa che le abbiamo inventate noi Rumeni e non i Pellerossa come si va dicendo in giro! E poi mi scusi, ma con tutti quegli anziani con l'Alzheimer che scappano a destra e a manca, senza le Bolas, come avrei mai potuto far la badante?!»

9

IL CIRCOLO DI FOTO-FILOSOFIA LE FOTO DI NUDO ARTISTICO E LE RECENTI SCOPERTE DELLA MINERALOGIA

Dopo averla sognata per anni ho finalmente comprato una Reflex! Basta con queste stupide fotocamere automatiche che imbrigliano la sensibilità artistica! Mi è costata un bagno di sangue, ma ora mi sento un vero fotografo! Chissà se riuscirò a vincere qualche concorso e trasformare questa passione nel lavoro della mia vita! Chiudo gli occhi e sogno di essere uno di quei affermati fotoreporter free lance di bel aspetto, un po' abbronzati, le rughe sulla fronte e lo sguardo alla francese che vendono memorabili scatti alle più importanti agenzie di stampa. Mi guardo allo specchio e di tutto questo ho solo le rughe sulla fronte, ma non mi perdo d'animo e, pieno d'entusiasmo, esco in strada con a tracolla la mia inseparabile Reflex. Inizio a scattare foto come un ossesso e senza quasi accorgermene faccio il giro di mezza città. Smanioso di rivedere le foto su grande schermo, rientro a casa, ma la delusione è cocente! Quel balcone fiorito, quel signore di spalle sulla panchina, quei zampilli d'acqua che mentre scattavo mi parevano così poetici, in realtà, sono foto insulse e prive d'interesse. È inutile negarlo ho bisogno di prendere lezioni da un vero fotografo, qualcuno che mi aiuti a valorizzare il mio talento. Improvvisamente mi viene in mente che a due isolati da casa, proprio dietro l'Upim, c'è un rinomato circolo fotografico che organizza corsi e mostre collettive. Arrivo alla reception e sono accolto dalla Dottoressa Sarli da Atene, presidente in carica del circolo: «Buonasera, è qui per partecipare all'uscita collettiva di questa sera?» «Salve dottoressa, a dire il vero non sono ancora iscritto al circolo, sono passato solo per chiedere informazioni sui corsi» «Ah bene! Mi dica, è un principiante o se ne intende di foto-filosofia?» «Beh, ho comprato una Reflex e...» «Bene! Se ha una reflex può unirsi a noi già da stasera! Inizieremo tra poco, vedrà, sarà un esperienza eccitante!» «Ehm, dottoressa Sarli, non credo di essere all'altezza...può spiegarmi almeno di che si tratta?» «È molto semplice, si gira per la città e si sperimenta la l'*Absence Impression*, una tecnica che permette di percepire l'immagine in forma di pensiero, ma non si preoccupi sarà qualche monumento illuminato ad ispirarci, ed io sarò lì con lei per aiutarla». Convinto dalla magnetica voce della Sarli mi incammino e raggiungo in piazza il gruppo di fotoamatori. Inizia l'attività, il gruppo si disperde, faccio qualche passo e scorgo un vicolo illuminato da vecchie insegne al neon. Pieno di entusiasmo inizio a fotografare, nel mentre però, con la coda dell'occhio, vedo alcuni fotoamatori del circolo scuotere la testa in segno di disappunto. Ad un certo punto sopraggiunge la Dottoressa Sarli da Atene scura in volto che mi riprende con tono severo: «Ma che fa con quel cavalletto, mi scusi?! Mica si sarà messo a scattare?!» «Beh dottoressa Sarli, ho notato quelle insegne luminose che proiettano sulla strada una bella luce e...» «Stia zitto! Qualche minuto fa le parlavo di trasformare un immagine in pensiero e lei che fa? Si mette a scattare?! Non ha ancora capito che la miglior foto è quella non scattata?! Il non scatto è un'esperienza interiore che sublima la fotografia! Altrimenti, mi scusi, come cazzo pretende di applicare la tecnica dell'*Absence Impression*?» «Ehm, Dottoressa Sarli ha ragione... È che ho comprato da poco questa Reflex e mi sono fatto prendere dall'entusias....» Mi interrompe bruscamente con un tono rabbioso: «Non me ne importa nulla della sua fottutissima Reflex! Ma come fa a non capire che bisogna scegliere con cura le foto da non scattare?! Il non scatto è un puro gesto filosofico che supera la banalità dell'immagine!» «Dottoressa Sarli, mi scusi, va bene la filosofia, ma pensavo che andassimo in giro per la città a scattare alcune foto!» A quel punto la Sarli inizia ad urlare come una belva: «Lei è un troglodita! Perché non vuol capire che l'immagine è volgare, bisogna superare l'immagine!! Vada a fotografare qualche balcone fiorito! Finché sarò io la Presidente di questo circolo qui non si scatta una sola foto, ha capito?! Io le sto dando l'opportunità di comprendere il significato della foto-filosofia e lei che fa?! Si mette a fare fotografie come un turista giapponese sotto al Duomo! Ed ora se ne vada! Non la voglio più vedere davanti ai miei occhi!». Mi allontano basito e turbato. Prendo la via per casa, mentre ripasso davanti alla sede del circolo fotografico sbuca la Corpulenta Badante Rumena conosciuta qualche tempo addietro: «Salve Kevin, che sorpresa incontrarla qui! Anche lei è appassionato di fotografia?» «Salve signora Badante, sì sono un grande amico della Sarli, questa sera sono uscito con gli amici del circolo a scattare qualche foto. Penso che il senso artistico non mi manchi. Senza falsa modestia il mio stile ricorda quello di Helmut Newton!» «Wow! Mi piacciono molto le foto in bianco e nero!» Il suo sorriso mi dà coraggio: «A proposito, è da un po' di tempo che ho in mente di fare dei ritratti e sto cercando una modella, vuol posare per me?» «Ah, che galante! La ringrazio di aver pensato a me come modella! Ci dovrei pensare, intanto può darmi qualche dettaglio in più?» «Si certo, si tratta di fotografie di nudo artistico che vorrei scattare in bianco e nero sfruttando la morbida luce del tramonto» «Kevin, quindi è questo che le piacerebbe? Fotografarmi nuda?» «Si, ma le assicuro che non c'è niente di malizioso in tutto questo, per me la fotografia è una forma d'arte». Mi fa un sorriso civettuolo tale da farmi perdere ogni inibizione: «Signora Badante ebbene sì! Le confesso che fotografarla nuda è uno dei miei più grandi desideri. Sono mesi che non penso ad altro!». Improvvisamente la badante perde il sorriso e con un tono di disappunto: «E basta! Oramai anche i bambini sanno che *Secondo Lacan Il desiderio è Il desiderio dell'Altro!* E poi perché non si vuol ficcare nella zucca che *Il corpo è un soggetto dell'Inconscio, costituito dal significante, attraversato dal linguaggio e toccato dal godimento del corpo?!*». Pur non capendo nulla delle teorie di Lacan sono affascinato da quelle parole: «Non ha capito una nulla, vero? Lo vedo dai suoi occhi!» «Signora Badante, effettivamente le confesso di essermi perso qualche passaggio…». Ora la sua voce torna ad essere più dolce: «Non si preoccupi Kevin, proprio questo sabato, conduco un seminario nel foyer dell'Upim sul IX seminario di Lacan che secondo me è proprio quello che fa al caso suo. Mi dia duecento euro prima che finiscano i posti!» Pago e prima che se ne vada, riesco a chiederle: «Perdoni la curiosità, ma lei conosce la Dottoressa Sarli?» «Si certamente, la Sarli è una mia cara amica, faccio per lei delle consulenze lacaniane per il suo circolo sulla *Absence Impression,* ma le confesso che a me scattare fotografie invece piace moltissimo!» «Non conoscevo questa sua passione, cosa le piace fotografare?» «Adoro fotografare pietre rare. A casa ho una collezione di minerali provenienti da tutto il mondo». «Signora Badante, non immaginavo si interessasse anche ai minerali!» «Si Kevin, con il lavoro di badante che svolgo conoscere i minerali è una cosa molto utile! Deve sapere che recenti studi hanno dimostrato che tra i minerali e i cervelli degli anziani ci sono più similitudini di quanto si creda! Ha presente quando parla ad un anziano e ha la sensazione di parlare con un muro? Questo succede perché la struttura interna dei minerali è molto simile al loro sistema neuronale. Bisogna ringraziare questi studi se sappiamo qualcosa di più sul loro comportamento! Infatti Kevin, alle volte mi domando, ma senza le recenti scoperte della mineralogia, come avrei mai potuto far la badante?!»

10

LA MAESTRA AKIRA KOBAYASHI, LE TECNICHE ARTIGIANALI DEL KINSUGI ED UNA SPECIALE COLLA PER INCOLLARE LE TESTE

Cammino su e giù inquieto per la casa, sento la vita sfuggirmi dalle mani, ho mille interessi, vorrei fare mille cose, però l'indecisione ha sempre la meglio e non riesco a combinare nulla. Devo reagire, ma alla fine attratto da quella misteriosa e irresistibile forza chiamata pennichella mi schianto sul divano. Per conciliare il sonno accendo la tv e finisco su uno di quei canali dove cercano di farci credere che i popoli esotici sono più felici di noi occidentali. Scorrono le immagini dell'artigianato locale di un imprecisato paese asiatico con l'immancabile carrellata di manufatti di paglia intrecciata. Sono talmente disinteressato alla cosa che mi si azzerano le funzioni vitali quando tutto d'un tratto in video appare un artigiano che, grazie al suo tornio a pedali ed una manciata di argilla, riesce a creare meravigliosi manufatti. Per qualche inconscia pulsione nel dormiveglia inizio a fantasticare di essere uno di quei taciturni e fascinosi artigiani, che indossa la camicia a scacchi un po' aperta sul davanti, le mani sapienti, i capelli brizzolati e lo sguardo passionale che fa innamorare le turiste in cerca di chissà quale souvenir. Salto giù dal divano, mi guardo alle specchio e di tutta la descrizione ho solo la camicia aperta sul davanti, ma per iniziare è pur qualcosa. Entusiasta vado su internet a cercare una bottega artigiana e per mia sorpresa scopro che a due isolati da casa c'è l'Associazione *Kintsugi* che propone corsi di artigianato artistico. Dopo qualche minuto, mi presento alla reception e sono accolto dalla Dottoressa Sarli da Atene, conosciuta qualche tempo addietro in un circolo fotografico: «Buongiorno Dottoressa Sarli, che sorpresa vederla qui!» «Buongiorno Kevin, le devo confessare che la fotografia mi ha stufato, trovo le immagini così volgari! E' ormai da tempo che mi dedico all'artigianato orientale ed ho aperto questo piccolo studio. A proposito Kevin, non sapevo che anche lei fosse appassionato di artigianato» «Si Dottoressa, io adoro l'artigianato, nelle mie vene non scorre sangue, bensì argilla!» «Bene Kevin, a proposito di argilla, lo sa che lei è davvero fortunato?! Proprio quest'oggi infatti è qui con noi *Akira Kobayashi*, la più grande maestra dell'antichissima arte del *Kintsugi*! Venga, l'accompagno in laboratorio, faccia subito una prova!» Mi lascio convincere, entro in laboratorio e nonostante la Kobayashi non mi degni neppure di uno sguardo, dopo un paio d'ore riesco tutto solo a creare un vasetto in terracotta. Giunto al termine della lavorazione, finalmente, la maestra si avvicina ed io orgoglioso le mostro il manufatto. Akira Kobayashi prende tra le mani il vaso e lo osserva per qualche secondo. Poi chiude gli occhi accarezzando la superficie come per verificare la bontà della fattura ma, all'improvviso lo scaglia a terra rompendolo in mille pezzi. Con un gesto di stizza quasi mi avvento sul maestra, ma proprio in quel momento entra la Dottoressa Sarli: «Allora Kevin com'è andata la prova, è soddisfatto?» «Dottoressa Sarli, no che non sono soddisfatto! La maestra Kobayashi ha scaraventato in terra il vaso, guardi qua!» «Kevin, non ci vedo nulla di strano, altrimenti come crede di poter imparare le tecniche dello Kintsugi?!» «Mi perdoni dottoressa, ma sono due ore che ci lavoro ed ora il vaso è completamente in frantumi!» A sentire quelle parole la Sarli cambia improvvisamente tono: «Ma come diavolo fa a non capire che è proprio il Kintsugi che ci insegna ad accettare le imperfezioni e le ferite?!» Cerco di ribattere: "Dottoressa, va bene le filosofie orientali, ma a me così sembra solo di aver buttato via un sacco di tempo!». A quel punto la Sarli va su tutte le furie e inizia a urlare: «Kevin, che diamine! Come fa a non capire che è proprio grazie al trauma della rottura che si genera l'occasione per una nuova creazione!? Non ha ancora capito che il Kintsugi è l'arte della ricostruzione!?" «Si, Dottoressa Sarli d'accordo, ma alla fine tutto il mio lavoro è andato in frantumi, le sembra giusto?!» «Kevin, lei è davvero un cafone, un troglodita! Ma perché non vuol rendersi conto che è proprio grazie a quei frammenti che può ri-pensare all'opera d'arte! Abbia più rispetto per la maestra Kobayashi che di vasi nella sua carriera ne ha già fracassati a migliaia! Ed ora se ne vada! Non la voglio più vedere! Fuori di qui!» Mi ritrovo per strada incredulo e frastornato per l'accaduto. Mi incammino verso casa quando, ad un certo punto mi viene incontro la Corpulenta Badante Rumena: «Buongiorno Kevin, come sta? Non ho potuto fare a meno di notare che è uscito della *Kintsugi*, non sapevo frequentasse anche lei il laboratorio!» «Salve Signora Badante, sì frequento spesso la Kintsugi, adoro le arti orientali, in tutte le sue forme, ma soprattutto adoro manipolare la terracotta». «Oh, Kevin, adoro gli uomini con una spiccata sensibilità artistica!» Quel sorriso vale più di mille parole e non posso far altro che assecondare il mio istinto di maschio predatorio: «Guardi, ad essere sincero, anche lei mi piace molto, la trovo una donna molto elegante e raffinata» «Kevin, com'è galante, la ringrazio per il complimento!» Sento la strada spianata e, come un felino che fiuta la sua preda, parto all'attacco: «Signora Badante, le confesso che quando parlo con lei mi sento davvero bene! Tra noi si sta creando un bel rapporto e mi piacerebbe capire che *significato* ha per lei ha tutto questo». Improvvisamente la badante si fa scura in volto: «Kevin, di quale *significato* mi sta parlando?! Non vorrà mica farmi credere che è così ingenuo da pensare di comprendere le cose attraverso i significati?!». «Mi perdoni, ma io intendevo solo dire che...» Mi interrompe adirata: «E insomma la smetta! Ne ho le palle piene dei suoi significati! *Lo vuol capire o no che siamo posseduti da una catena infinita di significanti?!* Non mi venga a raccontare che lei si esprime pensando al significato delle cose! Ormai anche i bambini sanno che secondo Lacan *Il significato è un sasso in bocca al significante!»* Non capisco nulla, ma sono completamente ammaliato dalle sue parole. "Beh! Perché fa quella faccia da tonto? Mi capisce quando le parlo?!». «Ehm Signora, effettivamente mi è sfuggito qualche passaggio, può spiegarmi meglio?» A quel punto, con fare materno la Badante prende teneramente le mie mani tra le sue e con voce dolcissima: «Kevin, ci sono qui io per questo, non si preoccupi se non capisce. Casualmente proprio questo sabato, nel foyer dell'Upim, organizzo un convegno su Lacan e sulla catena dei significanti che è proprio quello che fa al caso suo, mi dia trecento euro così evita quella noiosa procedura dell'iscrizione on line» Pago senza proferire parola: «Kevin, prima di salutarla le confesserò un piccolo segreto: lo sa che sono anch'io un appassionata delle antiche tecniche del Kintsugi?» «Signora Badante, ma davvero?! Non immaginavo che anche lei avesse la passione per l'artigianato!» «Beh non proprio, diciamo che per il mio lavoro di badante ho dovuto imparare le tecniche del Kintugi per soccorrere i miei anziani, quando cadendo, si rompono la testa» «Mi perdoni, ma perché in questi casi non chiama l'ambulanza?!» «No Kevin, non c'è cosa che mi dia più fastidio del frastuono delle sirene! Deve sapere che, grazie ad una speciale colla inventata dalla maestra Akira Kobayashi, unita ad un po' di pazienza riesco a rimettere i pezzi della testa rotta al loro posto. Certo, non sempre i pezzi combaciano perfettamente, però normalmente riesco a incollarle come si deve. Kevin, alle volte mi chiedo, ma con tutte le cadute che fanno questi poveri anziani, mi chiedo, ma senza la colla della Kobayashi, come avrei mai potuto far la badante?!»

11

I SEMINARI DI JU JITSU LACANIANI, LE LOTTE CLANDESTINE TRA ASSISTENTI SOCIALI E LA PALESTRA DI MMA PER PSICOLOGI

Stanco di farmi riempire le serate dai palinsesti TV mi è tornata una sconsiderata voglia di vivere e di stare in mezzo alla gente. Mi alzo dal divano scrollandomi di dosso la pigrizia e scendo in strada per godermi le luci della city. Tutto d'un tratto sento in lontananza le note di *Si Piccirilla* di Gianni Celeste che mi attrae come un canto di sirena. In uno stato di semi trance, senza accorgermene, mi ritrovo al *Arzano Caffè* il locale più malfamato della città gestito da Joe Liborio Marigliano, il boss del quartiere, un camorrista famoso nel giro per essere estremamente violento, ma anche un grande appassionato di J. Lacan. Giunto all'ingresso vedo Joe Liborio che sta torcendo il braccio a un membro del clan rivale: «Junghiano maledetto! Ti ammazzo con le mie mani, omo e merda! Se ti ritrovo a dire che gli *Uomini sono collegati all'inconscio collettivo* e tutte quelle fesserie che andate dicendo sull'archetipo quanto è vera a maronna ti spacc 'na seggia 'ncapa! Hai capit brutt' bastardo Junghiano sarchiapone scuazacane!». E giù una scarica di pugni. Il malcapitato però non si dà per vinto: «Maledetti Lacaniani, non ci convincerete mai che *Il desiderio è il desiderio dell'Altro!*» A sentir quelle parole Liborio va su tutte le furie: «Infame e merd' se non vuoi fare un bagnetto nell'acido tornatene a casa da quei quattro Junghiani da strapazzo che non siete altro!» E giù un altro paio di schiaffoni. Ad un certo punto, Liborio allenta la presa, e il poveretto ne approfitta allontanandosi di buon passo per paura di prendere altre botte. Molto turbato per l'accaduto mi faccio coraggio entro e scopro che è stato allestito un vero e proprio ring. Cerco di farmi spazio tra la calca mentre lo speaker annuncia i nomi delle contendenti. Si tratta delle famigerate lotte clandestine tra operatori sociali che avevo sentito parlare in TV. Non ci vuol molto a capire l'andazzo del match perché in men che non si dica una psicologa di Lodi, con una gragnola di violentissimi pugni riduce una maschera di sangue l'avversaria. Nauseato da tutta quella violenza mi allontano dal ring cercando di guadagnare l'uscita. Proprio in quel momento, scendendo dal ring, mi si avvicina l'assistente sociale di Gratosoglio, visibilmente scossa per le botte prese poco prima sul ring. Mosso da umana pietà, con un fazzoletto, le pulisco le sanguinolente ferite sul viso: «Permette che mi presenti? mi chiamo Kevin, stia ferma un attimo che finisco di medicarla» «Grazie è molto gentile, mi chiamo Elisa Sakamoto Sfiolini, lei non sarà mica una persona sensibile?» Lo dice con un sorriso dolcissimo: «Modestia a parte effettivamente sono una persona molto sensibile, adoro l'arte, la natura e soprattutto aiutare il prossimo! Ma piuttosto Elisa mi dica, perché si presta a questi combattimenti violenti, è forse costretta a combattere dal racket delle scommesse?» «Kevin, che scemenze va dicendo, il racket questa volta non c'entra nulla! Lo faccio perché dopo una settimana di colloqui con poveri, disadattati e famiglie problematiche, lei non ha idea la voglia che mi viene di menare le mani! Dovrebbe provare anche lei, le assicuro che niente è più liberatorio della cieca e pura violenza fine a se stessa» «Grazie Dottoressa Sfiolini, ma non sono il tipo, davvero per me non è *cosa*». A sentir quella parola l'assistente sociale si fa immediatamente scura in volto: «Kevin di quale *Cosa* mi sta parlando! Non lo ha ancora capito che secondo Lacan *la Cosa è la mancanza tracciata dal simbolico nelle profondità del desiderio?*». «Elisa ci dev'essere un equivoco, intendevo solo dire che...» «La smetta con questa scusa degli equivoci! Ormai anche i bambini sanno che La *Cosa non potrà essere reperita in nessun oggetto, così da corrispondere sempre ad un'Altra Cosa. Essa brilla per la sua assenza, per la sua estraneità!*» Mi perdoni Elisa, non sapevo che le Assistenti sociali nel loro programma di studi dovessero studiare Lacan?!» «Ha ragione, effettivamente non è previsto dal programma di studi. Infatti io e le mie colleghe lo studiamo prima dei combattimenti di Ju Jitsu perché distende i nervi ed aiuta la concentrazione» «Davvero, ha una palestra tutta sua?» «Certamente, in Veneto ne ho appena aperta un'altra si chiama Combat Spritz! Questo sabato organizziamo il convegno *Strette mortali al collo e Psicoanalisi* dove cerchiamo di fare sintesi tra le più avanzate tecniche di strangolamento e il discorso Lacaniano. E dopo il convegno, vai di Spritz! Poi tutti sul ring per una allegra scazzottata!». Sono completamente sbalordito: «Kevin, perché fa quella faccia? Deve sapere che il trend ormai è cambiato! Non sono più i ragazzi di periferia, con storie difficili alle spalle che per riscattarsi vogliono fare la boxe. Le palestre sono piene soprattutto di psicologhe ed educatrici, che stressate dal lavoro usano la violenza come valvola di sfogo. D'altronde Kevin, se penso al mio lavoro e di quanti utenti ogni settimana mando all'ospedale dopo i colloqui, io mi chiedo, come avrei mai potuto fare l'assistente sociale senza essere campionessa di Ju Jitsu?!»

12

ALEJANDRA CONSUELO CASTILLO MORALES,
I CAMPI PARAMILITARI DELLA CARITAS
E LA MISSIONE SEGRETA
PER LIBERARE GLI OSTAGGI

Gironzolo per casa senza meta con addosso un forte senso di disagio, mi sento egoista, individualista, uno che pensa solo al proprio benessere, eppure questo stato esistenziale non mi appartiene. Sento il bisogno di dare un senso alla mia vita facendo qualcosa per gli altri, ma cosa? Non riesco a trovare risposte convincenti e stanco di pensare mi abbandono sul divano per rilassarmi un po'. Accendo la TV e finisco su uno di quei canali dove cercano di farci credere che le popolazioni più povere del pianeta si trovano in quello stato a causa di guerre e oppressioni. Sono talmente annoiato che sto per prendere sonno, quando d'un tratto parte il documentario che narra le vicende di temerari volontari, che superando mille ostacoli portano viveri ed aiuto a popolazioni in grave difficoltà. Il documentario mostra come queste persone si integrano alla perfezione tra la popolazione locale arrivando persino a nozze, talvolta sposando qualche giovane e bella autoctona. Sono come folgorato da un'improvvisa illuminazione! Anch'io voglio essere uno di quei volontari con la bandana rossa al collo coi bicipiti in vista, sempre sorridenti, e lo sguardo fiero che scruta l'orizzonte in cerca di nuovi popoli da salvare. Cose a cui mai avevo pensato mi appaiono ora come urgenti e necessarie come il volontariato! Pieno di entusiasmo, mi lancio giù da divano, vado sul web e scopro che a soli due isolati da casa si trova la sede della Caritas di zona. Al mio arrivo, mi accoglie Alejandra Consuelo Castillo Morales, la direttrice, vestita in giacca mimetica e il classico cappellino con visiera alla Fidel Castro: «Ola, compañero como estas? Bienvenido a la Caritas! Hasta la victoria siempre!» Per riflesso incondizionato saluto alzando anch'io il pugno sinistro. «Kevin, le explico cosa facciamo con los anzianos. Nosotros della Caritas pensamos que gli anziani son una risorsa para la sociedad, però queremos anzianos bien in forma, fuertes y allenati! E' per questo che abbiamo aperto este centro de potenziamento físico. Venga!» La compagna Morales apre una porta che dà sul retro dell'ufficio e con grande stupore mi trovo davanti una decina di anziani in maglietta mimetica che marciano incitati da una donna con un forte accento est europeo, vestita anch'ella in divisa militare. *La Doctora* mi dà una pacca dietro la schiena: «Venga, venga Kevin! Faccia una prueba! Si unisca ai nostri volontarios!» Ad un certo punto incrocio lo sguardo dell'addestratrice paramilitare e intravedo gli inconfondibili occhi della Corpulenta Badante Rumena. Non sono sicuro che mi abbia riconosciuto, continuo a marciare. L'allenamento è durissimo: La badante Rumena nei panni di addestratrice paramilitare è inflessibile: ci fa scavalcare muri, attraversare a mani nude grovigli di filo spinato, ci costringe a fare centinaia di flessioni, e prima di andare negli spogliatoi, a mo' di stretching una lotta all'ultimo sangue contro dei pitbull inferociti. Gli anziani, per la fatica e le ferite, iniziano a cadere per terra, uno dopo l'altro, esausti e senza forze. Poi d'improvviso, forse colta da umana pietà ci concede di far ritorno in camerata. Sono talmente stremato che il mio unico desiderio è quello di sdraiarmi in branda. Mentre mi avvio mi sento chiamare: «Kevin, ma che fa? Non mi saluta?» «Si, ehm... salve, non ero sicuro fosse lei...» «Sono contenta di vederla qui! Non è da tutti dedicare un po' del proprio tempo in favore dei più deboli!» Non mi faccio scappare l'occasione di cavalcare la situazione per farmi bello ai suoi occhi: «Oh, grazie signora Badante! Si effettivamente, ho molto a cuore i più deboli e gli emarginati e nel mio piccolo cerco di dare una mano!» Il suo sguardo è dolcissimo, raccolgo le ultime forze e colgo l'attimo per invitarla a fare due passi. Mentre ci incamminiamo: «Mi perdoni la curiosità, ma perché gli anziani vengono sottoposti ad un allenamento così duro, cosa c'entra questo con il volontariato?» «Vede Kevin, innanzitutto ci tengo a precisare che l'addestramento militare è per me solo un hobby, io lo faccio con vero spirito volontaristico. Riguardo agli anziani, li stiamo addestrando per una missione in Uganda. Devono liberare il personale della Caritas preso in ostaggio dai Padri Comboniani» Mentre la Badante mi spiega la feroce faida interna agli ordini religiosi sento che è arrivato il momento per dichiararmi: «Dottoressa posso permettermi di dirle che è una donna molto affascinante?» interpreto il suo sorriso come un chiaro segnale e tento l'affondo da vero maschio latino: «Signora Badante, lei mi piace molto, le confesso che passeggiare con lei è un vero *godimento!*» Improvvisamente, la badante si fa scura in volto: «Kevin, di quale godimento mi sta parlando?!» «Signora Badante non mi fraintenda! Io mi riferivo semplicemente alla bellezza di passeg...» La donna mi interrompe bruscamente con tono severo: «Ne ho le palle piene dei discorsi sul godimento! Chiaro?! Ma perché non vuol capire che *Il godimento fallico non è nient'altro che un ostacolo per l'uomo?*» «Ma io veramente volevo solo fare una passegg...» «La smetta con questa stupida passeggiata!» Urlando come una belva: «Ormai anche i bambini sanno che secondo Lacan *L'uomo non gode del corpo della donna perché ciò di cui gode è il godimento del suo organo?*! Ed ora cos'ha da guardare con quella faccia da pesce lesso?!» «Ehm, Signora Badante, l'ho ascoltata con attenzione, ma temo di essermi perso qualche passaggio» Il suo sguardo ora si fa dolce e materno: «Kevin, lei è proprio fortunato. Lo sa che proprio questo sabato pomeriggio, organizzo un seminario sul *Godimento secondo Lacan*? Non può mancare! Penso io alla sua iscrizione, mi dia duecento euro che le tengo un posto in prima fila» Pago ed ho solo il tempo di replicare: «Signora Badante, le confesso che non mi sarei mai aspettato che una studiosa lacaniana potesse appassionarsi alla guerriglia paramilitare! E' una disciplina così distante dalla psicologia!» «Kevin, deve sapere che ormai è qualche annetto che gestisco i campi paramilitari della Caritas! D'altronde, va bene Lacan, ma quando hai a che fare con anziani ancora in forze che si ribellano, senza un'adeguata preparazione militare, mi dice lei come avrei potuto far la badante?!»

13

LE SCARAMUCCE A LITTLE MOLISE, LA DOTTORESSA DEA DI LENNAH E LA FREGATURA DEL TEMPO KRONOS

Per distrarmi dalla quotidiana monotonia cammino senza una meta precisa nei bassifondi della city. Svolto l'angolo e senza volerlo mi ritrovo a *Little Molise,* uno dei quartieri più vividi della città. Tutto d'un tratto, in un vicolo, scorgo nel buio due individui, quasi certamente sono due laureati in filosofia disoccupati che pur di guadagnar qualcosa si sono messi a spacciare, penso. Per darsi un look da criminali si sono vestiti con giubbotti in pelle nera, mi avvicino cauto e sento che stanno animatamente litigando tra loro quando ad un tratto, uno dei due colpisce l'altro con uno spaventoso cazzotto: «Se non capisci una buona volta che *la grandezza dell'uomo si misura in base a quel che cerca e all'insistenza con cui egli resta alla ricerca* io ti ammazzo brutto bastardo! Lo capisci o no che solo così *è possibile dismettere se stesso da questa mondana contemporaneità*!?» Il secondo, ancora più minaccioso: «Non capisci un cazzo! Io ti buco sacco di merda! Come fai a non comprendere che *tutta la storia dell'esistenza umana è storia della trascendenza del mondo*?!» E giù botte. La feroce colluttazione si interrompe al passare di un gruppetto di cassiere a tempo indeterminato. Gli spacciatori si dileguano e la più procace delle cassiere mi viene incontro: «Buon uomo che fa lì in un angolo tutto solo? Si unisca a noi! Stiamo andando ad un *flashmob* che insceneremo nel foyer dell'Upim per sensibilizzare i clienti sull'inquinamento delle acque del fiume *Hatauaka* in Amazzonia centrale» «Grazie dell'invito, ma mi perdoni signora cassiera, perché vi preoccupate così tanto di questo fiume che si trova dall'altra parte del mondo?» «Signore, deve sapere che qui in Molise siamo tutti molto preoccupati per le sorti dell'Amazzonia e non c'è molisano che non abbia il fiume *Hatauaka* nel cuore! Nei bar, nei vicoli di Termoli, in spiaggia, non si parla d'altro!» Letteralmente incantato dalla passione civile dei molisani non posso far altro che seguire la cassiera unendomi alla causa. Lungo il cammino, passiamo davanti allo studio della Dott.ssa Dea di Lennah, donna dall'indubbio fascino, che ebbi il piacere di conoscere qualche tempo addietro: «Buongiorno Kevin, cosa ci fa insieme a questo gruppo di cassiere a tempo indeterminato?» «Buondì Dottoressa Di Lennah, mi stavo unendo alla lotta di queste agguerrite cassiere per salvare il fiume *Hatauaka*!» «Kevin, ma lasci perdere queste fesserie! Non si faccia abbindolare, si tratta di un'effimera sensibilità ecologista, vedrà che le passera presto perché è mosso solo l'entusiasmo del momento» «Mi Perdoni Dottoressa Di Lennah, ma anch'io nel mio piccolo, vorrei dare un contributo per salvare l'Amazzonia» Lei, con tono più deciso: «Insomma è ora di finirla con con questa storia dell'Amazzonia! Ma lo sa che in Molise abbiamo una foresta forse anche più grande dell'Amazzonia, ma non ne parla nessuno?! E poi si concentri su se stesso per una buona volta!» I suoi modi assertivi mi danno la sicurezza che mi serve: «Dottoressa, forse ha ragione, dovrei pensare più a me stesso, e allora la prego mi dia un consiglio, se non vado al *flash mob* cosa dovrei fare in questo *momento*?» La Di Lennah improvvisamente si fa scura in volto: «Kevin, di quale *momento* mi sta parlando? Mica si starà riferendo ai momenti del tempo *Kronos*?!» All'improvviso parte una terribile reprimenda: «Kevin, spero non voglia farmi credere che lei è così retrograde da vivere ancora nel tempo *Kronos*?» «Dottoressa mi perdoni, ma cos'è questo tempo Kron…» La Di Lennah va su tutte le furie: «Kevin, che diamine! Mi sto riferendo all'*eterno presente che si dilata all'infinito al punto da illudere di esistere nell'immediato!*» Rimango completamente basito mentre la Di Lennah affonda le sue parole come una lama calda nel burro: «Kevin, io ho le palle piene del vostro tempo Kronos e di tutti i vostri dannati orologi!» Tento una timida replica: «Mi perdoni Dottoressa, ma come potremmo vivere senza orologi?» «Kevin è semplice! Faccia come me, smetta di vivere nel tempo *Kronos* e cambi dimensione temporale! Io ormai sono anni che vivo nel tempo *Aion* e mi trovo meravigliosamente bene!» «Dottoressa, mi ha incuriosito, può spiegarmi meglio di che si tratta? Cos'è questo tempo Aion?» A questo punto il tono della Di Lennah si fa più disteso: «Certo Kevin, ora le spiego. La cosa è molto semplice: il *presente non esiste! E' un istante senza spessore* che solo per convenzione viene dilatato con l'effetto di farci credere di esistere *in un presente che in realtà è costantememente assorbito dal passato e dal futuro*» Rimango ammutolito da tanta sapienza: «Grazie Dottoressa, è così affasciante quello che dice, anche se le confesso di non aver afferrato in pieno il concetto» Allora la Di Lennah con fare dolcissimo prende delicatamente le mie mani tra le sue: «Si lo so, lo vedo dai suoi occhi, che non ha capito una mazza, ma non si preoccupi. Proprio questo sabato nel foyer dell'Upim conduco un seminario sulla *Logica del senso* di Gilles Deleuze così potrà capire meglio i vantaggi del tempo *Aion!* Sono trecento euro in nero, paghi in anticipo, penso io all'iscrizione». Quasi ipnotizzato, con un gesto meccanico, le metto i soldi in mano: «Dottoressa Di Lennah, le confesso che non sto più nella pelle, non vedo l'ora che arrivi sabato! Sono davvero curioso di sapere come si vive nel tempo *Aion!* Mi perdoni, prima di salutarla mi permetta di chiederle un'ultima cosa: c'è qualche attività propedeutica che posso fare prima dell'incontro di sabato?» «Si certo Kevin, una cosa la può fare: mi dia il suo orologio così inizia a disfarsi degli inutili orpelli del *kronos*» «Ehm, vede Dottoressa, non per contraddirla, ma questo orologio per me ha un grande valore affettivo» E lei: «Uff, la prego non mi annoi con questi inutili sentimentalismi! Non mi piacciono gli uomini attaccati alle cose. Mi dia questo orologio senza tante storie, e vedrà che tra poco già inizierà a sentirsi meglio!» Mentre sto per porgere l'orologio insisto flebilmente un ultima volta: «Dottoressa, mi perdoni se insisto, ma si tratta di un rarissimo *Swatch Scuba* dell'ottantaquattro, ne esistono solo tre esemplari al mondo!» La Di Lennah, con un velocissimo gesto da fare invidia ai migliori borseggiatori di Campobasso si infila l'orologio in tasca e prima di andarsene, salutandomi con tono solenne: «Si ricordi Kevin, che l'*Aion* è il tempo giusto! L'*Aion*! Mi raccomando non si lasci fregare dal *Kronos*!»

14

IL CENTRO PER L'IMPIEGO DI LORO STESSI, LA MESSA ALLA PROVA DI BRENDA E LE COMARE NEI VICOLI INNAMORATE DI RECALCATI

Oggi di stare in casa proprio non se ne parla. Ho voglia di passeggiare e di stare in mezzo alla gente, di vivere la città e così esco di casa per dirigermi spensierato verso il centro. Distratto dalle luci delle vetrine, non mi accorgo di essermi avvicinato a quelle del *Centro per l'impiego di loro stessi*. Allungo il passo mentre chino la testa per non guardare gli annunci di lavoro, ma purtroppo, per un impulso incontrollato, mi cade l'occhio sulle vetrine. Quasi all'instante due impiegati incappucciati mi piombano addosso e mi trascinano all'interno. Uno di loro, minaccioso: «Ah! Cercava lavoro eh?! Venga con noi che ora scambiamo due paroline!» Mi portano di peso al cospetto della direttrice di filiale: «Direttrice, abbiamo beccato questo schifoso, abbiamo controllato negli archivi, si chiama Kevin, era lì fuori che guardava gli annunci di lavoro come se niente fosse!» Con tono da rimprovero la direttrice mi incalza: "Kevin, ma non si vergogna neanche un po' a cercare lavoro con tutta questa gente disoccupata che c'è in giro?!» Certo che ha un bel coraggio!» Mi perdoni direttrice, le giuro che non stavo guardando gli annunci di lavoro, non mi permetterai mai di farlo!» «Kevin, la smetta di mentire e risponda! Che annuncio stava guardando?» «Direttrice, davvero le giuro che non sono venuto qui a cercare lavoro, lo so che siete molto impegnati, mi creda non mi azzarderei neanche se fossi disoccupato! Mi è semplicemente caduto l'occhio su *Addetto alla manutenzione del verde*, ma mi creda è stata una cosa totalmente casuale». Il tono della direttrice si fa più calmo: «Per quanto ne so io, le cose non avvengono mai per caso» A quel punto, con l'astuzia che mi contraddistingue, mi gioco la carta *dell'uomo sensibile*: «Dottoressa, si effettivamente la manutenzione del verde è un lavoro che in un certo modo ti fa entrare in contatto con Madre Natura che va amata e rispettata. Come avrà capito, ho molto a cuore l'ecologia e i problemi dell'ambiente!» Gli occhi della direttrice ora si fanno più dolci: «Kevin, ma sbaglio o lei è una persona sensibile?» Come volevasi dimostrare, la frase ha colpito nel segno e non mi faccio scappare l'occasione per tentare un approccio: «Dottoressa come ha fatto a capirlo? Ebbene sì, lo ammetto, sono una persona sensibile. Infatti oltre alla natura ho anche la passione per l'arte, e se me lo permette vorrei inviarla stasera all'inaugurazione di una mostra» La direttrice improvvisamente si fa scura in volto: «Kevin, di quale arte mi sta parlando!? Ormai lo sanno anche i bambini che *Tutta l'arte è borghese*! Io ne ho le palle piene della ricerca del bello! Di quest'arte decorativa e stucchevole che serve solo ad acquietare piccoli esseri come lei! Mi sono rotta dell'arte come mera consolazione dei sensi, ha capito?!» «Mi perdoni direttrice, ma non mi trova d'accordo perché l'arte è un cosa meravigl...» La mia risposta la manda su tutte le furie: «Bisogna andare al di là dell'arte, bisogna superare l'arte! Ma lei cosa vuol capire di queste cose! E' un povero troglodita che se ne va in giro a cercare lavoro. Mi ha stufato, fuori di qui! Se ne vada!» Esco dall'agenzia in tutta fretta prima che la situazione degeneri. Completamente disorientato e indebolito nello spirito per i fatti appena accaduti giro l'angolo e mi ritrovo davanti alla sala giochi *Baduer*, locale poco raccomandabile, soprattutto quando si hanno contanti in tasca. Per distrarmi decido di farmi una giocatina, quando all'improvviso, vengo placcato da una donna con indosso una pettorina rossa delle *Angels of Ludopathy*, un'organizzazione benefica che opera per contrastare il dilagante fenomeno della ludopatia. «Fermo signore, non entri! Non butti via la sua vita, non lo sa che dalla ludopatia è possibile uscire?!» «Si, è vero, non sono un santo, ma non mi pare di essere affetto da ludopatia. Vengo qui di tanto in tanto a fare qualche partitella» «Signore, non butti via i suoi soldi con le macchinette! Non le interessa l'arte e la cultura? Deve sapere che moltissime ragazze sono attratte dagli uomini sensibili e acculturati» «Perché lei uscirebbe con me se la invitassi teatro?» «Beh, perché no?! Noi *Angels of Ludopathy*, per contrastare la ludopatia siamo disposte a fare di tutto, persino andare a teatro se è necessario!» A sentire quelle parole prendo coraggio: «Mi chiamo Kevin, piacere!

Che ne dice allora se andassimo a teatro questa sera?». «Oh La ringrazio, lei è molto galante! Mi chiamo Assunta, ma tutti mi chiamano Brenda, a dire il vero io a teatro non ci sono mai andata» «Mi perdoni Brenda, che sciocco che sono, dovevo capirlo sin da subito che lei preferisce andare al cinema!» «Kevin, ma quale cinema?! Io il cinema lo faccio tutti i giorni: mio marito è in carcere per spaccio, a casa ciò sei figli da sfamare e ieri mi è arrivato pure lo sfratto esecuivo!» «Brenda, ma lei sta vivendo una situazione drammatica! Il suo datore di lavoro magari può darle una mano!» «Kevin, ma quale lavoro! Sono iscritta nelle liste della disoccupazione dal 97» «Mi Perdoni Brenda, ma se si trova in questa situazione perché diamine si è messa a fare volontariato?!» «Kevin, ma quale volontariato! Sono qui per una messa alla prova disposta dal tribunale per la rapina che ho fatto l'anno scorso! Perché ora mi guarda con quella faccia da pesce lesso? Non starà mica facendo il cascamorto?!» «Ehm Brenda, mi scusi non volevo fare il cascamorto però vorrei dirle che, nonostante tutti i suoi problemi sociali, la trovo una donna molto forte, ha il fascino particolare della comare napoletana!» «Kevin, non vorrà farmi credere che mi desidera? Ci conosciamo solo da dieci minuti!?» «Brenda non sono quel tipo di uomo che si lascia andare a facili complimenti, ma le devo confessare che la trovo una donna estremamente interessante» «Così mi fa arrossire!» A quel punto perdo ogni inibizione: «Brenda io, io… vorrei darle tutto me stesso!» Improvvisamente a donna si fa scura in volto: «Kevin, cos'è che vorreste darmi!? Ormai lo sanno anche i bambini che secondo Lacan *Ciascuno dei due amanti non ha da dare che la propria mancanza dell'altro!"* Urlando come una pazza: «Se lo vuole ficcare in testa che *dire ti amo vuol semplicemente dire voglio darti la mia mancanza di te!* Lo capisce una buona volta che *Amarsi è mancarsi!»* Rimango completamente affascinato da quelle parole: Brenda se mi concede di uscire con lei giuro che la smetto con il gioco e curerò per sempre la mia ludopatia!» «Kevin, ma lasci perdere la ludopatia! Una scommessa ogni tanto non ha mai fatto male a nessuno! Il suo problema piuttosto è che è troppo concentrato sulla dimensione del *Reale* tralasciando completamente l'ordine simbolico che rimanda al *Grande altro lacaniano!* Perché mi guarda con quella faccia? Scommetto che non ci ha capito nulla, non è vero?!» «Si, effettivamente le confesso che non ho afferrato bene il concetto...» Improvvisamente, Brenda mi guarda con aria amorevole, prende le mie mani con grande dolcezza: «Kevin, facciamo così, la iscrivo al workshop intensivo che conduco questo sabato pomeriggio alle Vele di Scampia. Tratterò il IIX seminario di Lacan che è quello che fa proprio al caso suo. Facciamo duecento euro, no fattura, così risparmia qualcosa» Mentre pago con un gesto automatico faccio giusto in tempo a chiederle: «Brenda, lo dico con il massimo della stima e del rispetto, ma non avrei mai immaginato che una donna nelle sue condizioni sociali potesse essere un'esperta di Lacan!» «A Scampia abbiamo tanti problemi però Lacan lo studiamo sin dalle scuole elementari!» «Non vorrà farmi credere che tutti i Napoletani conoscono Lacan?!» «Ma certo! Non lo sa che a

Napoli Recalcati è più amato di Maradona?! Da Seondigliano
Fuorigrotta, non c'è un napoletano che si perde le
trasmissioni TV di Recalcati! Al bar, al mercato, persino nei
vicoli di Forcella con le comare non si parla d'altro!»
«Brenda, perdoni la curiosità, ma perché tutte le comare si
mettono a guardare Recalcati? È forse un bell'uomo?» «No
Kevin, è che di guadare *Gomorra* alla fine ci simm' scassat
u'cazz!»

BIOGRAFIE DEI PERSONAGGI

Olga Viorica Florescu - Corpulenta Badante rumena
Aryoshi Imika – Campionessa di Yoga estremo
Desdemona Luce Pattarini – Cassiera ambientalista
Juliette Marie Leroy-Belleville – Madre superiora
Jacopa Roma Scardanelli – dir. Anni Azzurrini
Tania Asciugata Kowalski – Pregiudicata lacaniana
Elisa Sakamoto Sfiolini – Assistente sociale lottatrice
Akira Kobayashi – Maestra di Kintsugi
Zlatarella Regina Petrova – Pres. circolo di scacchi
Dea di Lennah – Masetra del tempo Aion
Maristella Sarli da Atene – dir. Circolo fotografico

OLGA VIORICA FLORESCU
CORPULENTA BADANTE RUMENA

Nata alla fine degli anni 60, a Sibiu, in Transilvania. Fin da piccola, seguendo una tradizione radicata nel suo paese, pratica diversi sport: nuoto, tennis ma soprattutto ginnastica. Nell'era di Nadia Comaneci, le bambine sognano di diventare brava come lei. Questo traguardo impossibile da raggiungere ha segnato profondamente la piccola Olga. A 8 anni, pur

non avendo un corpo minuto e snello come la maggior parte delle piccole ginnaste della palestra che frequenta, è notata da un allenatore che chiede ai genitori di portarla a Bucarest, nella Palestra Nazionale di Romania. La piccola Olga si ritrova compagna di stanza di Ecaterina Szabo e Simona Pauca, future campionesse olimpioniche. Crescendo, Olga sviluppa un corpo seppur tonico, troppo ingombrante per le travi e le barre asimmetriche. Quindi le viene proposto di allenarsi nella squadra del lancio del disco. Diverse volte campionessa nazionale, ottiene una medaglia di bronzo alle Olimpiadi di Los Angeles e diverse medaglie ai campionati europei. Ad ogni suo clamoroso successo viene accolta come una regina dal dittatore romeno, ma Olga sempre più a disagio e in opposizione al regime decide di scappare e di vivere all'estero, lontano dal caos politico-sociale dal suo paese. Inizia un percorso di studio e di ricerca personale: Kafka, Freud, Jung ma soprattutto Lacan diventato i suoi compagni di vita. Nel 90, arriva a Milano e per mantenersi agli studi, cura due persone anziane. Questo lavoro di cura diventerà una delle sue passioni. Durante uno dei seminari in Università, incontra Massimo uno studioso, occhialuto e affascinante che la segnerà profondamente: Condividono idee, concetti e discussioni fino all'alba. Grazie a lui, Olga inizia a tenere seminari su Lacan in diverse città. Qualche anno dopo, presenta un suo progetto in Rai che ha l'intento di divulgare alle masse i concetti del lessico lacaniano, ma purtroppo, dai dirigenti RAI non è ritenuto interessante da mandare in onda come programma serale. Dopo l'amara delusione si dedicherà, anima e corpo, alla cura dei "suoi anziani". Dopo qualche tempo, riconosce il suo amico Massimo in TV. Sul palco, al grido di *Lacan alle Masse,* tra gli scroscianti applausi del pubblico, lo sente spiegare gli stessi concetti lacaniani che dibatteva animatamente con lei sino all'alba.

Sonia Cicchitti

ARYOSHI IMIKA
CAMPIONESSA DI YOGA ESTREMO

Aryoshi Imika Cino-giapponese di antenati italiani. Segno zodiacale pesci, 45 anni. Vive a Matera ma spesso è in giro per il mondo per convegni e sessioni di Yoga estremo. Spesso si reca a New York, città che ama e in cui ha ottenuto grandi riconoscimenti scientifici. E' piccola ma proporzionata, un mix di tratti che le conferiscono un viso e uno  sguardo unici, quasi ipnotici. Ha studiato chimica e biologia marina presso la University of Miami ma poi si è trasferita in Liguria alla ricerca di silicio, quarzo, carbonato di calcio, argille, materiali ferrosi e ossidi che a Miami tutti sanno scarseggiare. Aryoshi è riservata e lunatica, presuntuosa ma anche molto generosa e intelligente, ama chi la comprende, detesta chi si massifica e non emerge nella propria identità. E' originale e ama l'originalità. Trovandone poca negli esseri umani, fin da piccola ha iniziato ad appassionarsi di sassi e pietre. Chi non dimostra il coraggio di assumere un'idea e portarla sino in fondo per lei non esiste, è un non-essere. Il suo gioco preferito, durante l'infanzia, era tratteggiare una grande città fra i sassi del giardino, scavando strade e innalzando muri che poi diventavano case e poi persone. Colleziona pietre e sassi lisci e ovali, anche a forma di cuore. E' atea e le uniche divinità che idolatra sono i Mmoai dell'Isola di Pasqua; quelle con il Pukao (tozzo cilindrico sul capo) hanno ispirato la sua vita sino a condurla a esercitare la sua incredibile disciplina. Ciò che più la urta è la vita che pullula intorno a sé, il movimento, l'espressività, i viventi che per lei in fondo sono tutt'altro che vivi, in modo particolare gli uomini. Vorrebbe donare a ogni donna il silenzio e l'immobilismo da parte dell'uomo che la affianca e desidererebbe un'esistenza materica inanimata. E' molto difficile convivere con questo impulso interiore, difficile tenerlo a bada e difficile dissimularlo, per questo Aryoshy si è più volte rifatta l'espressione del viso, nel tentativo di "rifarsi il senno" (cit.). Ha molti hobby, tutti solitari: ama fare SUP - stand up paddle - nei fiumi della Val Nerina, Ping Pong con il robot, aquiloni giganti e terracotta per aspiranti asceti. La sua famiglia non la vede da tempo ma il legame più forte che ha è con l'ex marito, ora esposto al Museo del Prado di Madrid, dove ogni anno accorrono frotte di donne desiderose di uomini duri. Nell'intento di riuscire a governare il mondo con metodo, rigore e fermezza, ha deciso di insegnare nelle palestre, anche quelle di periferia, le tecniche di yoga estremo e di trasformazione della carne, talvolta inutile, in materia inanimata, molto più funzionale e degna di amore eterno. La sua pronuncia, spesso riconoscibile negli *All you can eat cino-giapponesi,* le ha permesso di agire nell'ombra perché nessuno, ad oggi, sa esattamente cosa sia la Loccia.

Arianna Ronchi

DESDEMONA LUCE PATTARINI
CASSIERA AMBIENTALISTA

Lecchese, cresciuta tra le nebbie lariane, sogna, in un'altra vita di rinascere lucana.

Desdemona È donna attenta al fisico che tiene in forma grazie alle lunghe camminate sul monte *Barro*. Adora quella montagna soprattutto di mattina, molto presto, in perfetta solitudine, non tanto per amore della natura, ma piuttosto per essere certa, almeno nelle prime ore della giornata, di non incontrare  altri esseri umani. Il suo viso dai tratti antichi è animato da uno sguardo sincero che le dona una bellezza genuina che non ostenta, ma che offre con garbo, senza vanità. Desdemona ha un carattere schivo, onesto, schietto come un sentiero di montagna. Queste sue caratteristiche fanno di lei una persona rispettata e ben voluta soprattutto dalle sue amiche d'infanzia con le quali è in perfetta sintonia. Con il genere maschile invece i rapporti sono più complicati, il suo atteggiamento normalmente dolce e pacato lascia spazio a tendenze ossessive di sopraffazione. Completati gli studi universitari, per sbarcare il lunario, inizia a lavorare come locandiera offrendo ospitalità a quei turisti di giornata che lei in modo molto garbato disprezza. Giunta a piena maturità, capisce che non può continuare a vivere circondata da lariani e si trasferisce quindi nella sua terra d'elezione, la Basilicata. Appena arrivata trova lavoro come cassiera all'Upim di Matera dove è in buoni rapporti con tutti, ma in confidenza con nessuno, tranne con il Direttore, che ben presto si innamora di lei e la convince a convolare a nozze. Desdemona Luce Pattarini è molto legata a sua madre, ex pittrice, sposata con un marsigliese, Michel Rivoltinì, sassofonista e donnaiolo, che ha visto in casa molto di rado al quale però lei è parecchio affezionata. Recentemente è diventata leader di un gruppo animalista con il quale condivide la passione per la difesa dello Zibetto e della Nutria Lucana, animale dalle carni pregiate e per questo a rischio d'estinzione. L'altra sua grande passione è J. Lacan che approfondisce partecipando assiduamente a incontri e seminari. Il suo sogno incompiuto è quello di poter fare un viaggio molto lungo, in giro per il mondo per visitare gli angoli più belli del pianeta, ma per via dei suoi impegni, il suo sogno le appare irrealizzabile. Anche se non lo ha dato mai a vedere, durante l'infanzia, ha sofferto molto la mancanza del padre che sublima attraverso l'esercizio del dominio sessuale nei confronti del marito, che tiene in scacco grazie all'utilizzo della 'Mhai più m'Oshio' una radice asiatica dai grandi poteri afrodisiaci.

C.C.

JULIETTE MARIE LEROY-BELLEVILLE
MADRE SUPERIORA

37 anni, nata sotto il segno del leone, a Basse-Pointe a Nord della Martinica. Figlia di un Beké discendente dei primi coloni europei, ha sempre desiderato appartenere alla maggioranza nera di origine africana. Già da bambina, ammirava Johnny Clegg, il sudafricano bianco soprannominato il "Zulù Bianco". A quindici anni lascia la scuola, non sopporta più le regole  imposte dalle Suore della Carità. Legge molto ed entra in contatto con alcuni scritti del Marchese de Sade e di Restif de la Bretonne che evocano in lei fantasmi e desideri. La sua carriera inizia come ballerina di Zouk. Accompagna diverse band locali in tournée nelle principali isole caraibiche e ben presto si afferma nel mainstream locale entrando nello staff dei Kassav, la band principale in Martinica. La sua carriera è bruscamente interrotta dalla lettura de La Religieuse di Diderot che la segna

profondamente al punto che vuole farsi suora. Ottiene il permesso dalle Clarisse Dimenticate per far con loro un'esperienza vocazionale durante la quale scopre la bellezza della vita religiosa…Juliette è passionale, determinata, caparbia, ambiziosa. Può sembrare dura e indifferente ai problemi del mondo che la circondano (il che, per una Madre Superiore non è l'ideale…) ma in fondo nasconde una sensibilità spiccata per alcuni elementi: si commuove davanti ai fiori (alcuni in particolare), versa qualche lacrima guardando un tramonto oppure trattiene il respiro ascoltando il canto mattutino degli uccelli. Il suo sogno nascosto sarebbe di creare un nuovo ordine religioso: Le Sorelle dei Fiori (per esaltare la sua passione per alcuni fiori), che venga riconosciuto come una Congregazione cattolica a tutti gli effetti. Ma è consapevole che convincere la Santa Sede della fondatezza della sua richiesta è quasi impossibile.

Sonia Cicchitti

JACOPA ROMA SCARDANELLI DIRETTRICE ANNI AZZURRINI

43 anni, nata a Roma, sogna sempre di trasferirsi a Honolulu (come minimo). Laureata in storia dell'arte perché voleva diventare la versione femminile di Vittorio Sgarbi, sì è sempre dedicata a tutte le questioni più inutili: la moda, la filosofia, la letteratura europea e americana, la storia del teatro e dello spettacolo, William Shakespeare, Freud, Walter Benjamin, i Lieder,  Nietzsche, Lacan, la verità, solo per citare alcuni campi davvero inutili. Incredibilmente è riuscita a mantenersi e infatti dimostra anche meno dei suoi anni, dalle sue caratteristiche fisiche e psichiche traspaiono molti tratti adolescenziali. Ha fatto lavori incomprensibili, soprattutto da quando ha un figlio da crescere, tra questi assumere la direzione della casa di riposo *Anni Azzurrini*. La nomina le è costata una settimana di depressione lì per lì, dato che ha sempre preferito la compagnia dei più giovani a quella degli anziani. Dopo ne è uscita da sola, rassegnandosi a questa ennesima sfida. Avrebbe un carattere mite, ma spesso si

imbestialisce come in una metamorfosi di Ovidio. Perlopiù sorridente all'esterno, cova una fossa delle Marianne al suo interno dove si inabissa in solitudine. Odia la volgarità, la furbizia e la perversione, pur fingendo perlopiù indifferenza. Basta una di queste caratteristiche negli anziani di *Anni Azzurrini* a renderli sue vittime predestinate. Crede nell'immortalità e se questa dovesse rivelarsi un suo ennesimo errore di calcolo, è pronta a ripiegare sulla bella morte (ed è questa che con amore vuole donare ai suoi vecchietti).

Jacopa Stinchelli

TANIA ASCIUGATA-KOWALSKI
PREGIUDICATA LACANIANA

Nasce nel 1980 a Napoli, figlia di Papà Domenico Maria, militare, nell'aeronautica e mamma Dorota, immigrata polacca, bellissima e cattolica, impegnata a sfamare cinque figli. La coppia, gestiva la figliolanza in modo militaresco, ogni cosa doveva essere pulita e ordinata. I ragazzi avevano il divieto assoluto di portare a casa amici e compagni di scuola. Al

rientro dalle sue trasferte lavorative, il babbo passava i figli in rassegna per controllare lo stato igienico dei loro corpi. Il resto della giornata dovevano passarlo a studiare. In casa non avevano la televisione, in compenso la casa era piena di libri. I ragazzi potevano accedervi senza limitazioni, e così in età prematura conoscevano tutti i segreti della vita biologica e psicologica del cosmo. Tania si laureò con il massimo dei voti presso l'università di Pavia con un anno di anticipo. Una volta laureata Tania, stanca delle fastidiose avance dei compagni di corso e in generale dei maschi latini, per lei così nauseanti nelle loro esternazioni sentimentali, decise di intraprendere il suo viaggio spirituale. Cominciò un lungo viaggio fino a giungere al Pakistan, poi l'India e finalmente il Tibet. Incontrò diversi guru, non ultimo l'uomo che si arrotolava su sé stesso, faceva tanti di quei giri sulle gambe da diventare un complesso intreccio di muscoli e ossa da somigliare ad un tronco di glicine, naturalmente ciò per praticare autoerotismo. Capì che il sesso, che tanto nella sua adolescenza l'aveva disgustata, poteva diventare una comoda arma per esercitare il potere sugli uomini, unico suo grande desiderio, per poterli condizionare a suo piacimento. Infatti Tania detestava, nelle forme di vita che le ronzavano attorno, prima di tutto la loro imprevedibilità. Anelava allo stesso ordine che aveva imparato a casa sua, non sopportava le sorprese, i regali, le improvvisate. Al ritorno dal suo viaggio, Insieme alla madre decise di intraprendere la difficile strada dell'editoria, fondarono così la Popputi edizioni, il nome gli venne facile, le donne di casa erano tutte generosamente fornite di davanzali in fiore. Decisero di specializzarsi in testi per principianti, testi che insegnavano alle persone le poche mosse utili a gestire le più svariate situazioni. Tania amava vendere i testi per la strada, le piaceva agganciare i deboli, flaccidi omuncoli mediterranei, paralizzarli e colpirli lì dove erano più fragili, nel loro becero desiderio sessuale, che si guardava bene dal soddisfare.

Daniela Corcella

ELISA SAKAMOTO SFIOLINI
ASSISTENTE SOCIALE LOTTATRICE

Veneto-giapponese. Sino all'età di ventinove anni si guadagna da vivere scorrazzando per il Veneto proponendo corsi di formazione sul tema della sicurezza. Non disprezza il suo lavoro, ma preferirebbe fare la stunt-woman oppure organizzare sedute di bungee jumping per cardiopatici. Ha un carattere estroverso, ma talvolta cade in un buio depressivo che solo le persone

più strette riescono a percepire perché è molto brava a dissimulare le sue emozioni. Con uno sguardo troppo sincero per vivere in Veneto decide di lasciare la sua terra dopo essersi assicurata che anche nei bar lombardi viene servito lo Spritz. Con la scusa di partecipare al concorso come assistente sociale, si trasferisce a Milano per star vicino al suo grande amore, conosciuto a Caorle l'anno prima, tale Giampiero Cereda, Nanni per gli amici. La storia naufraga dopo qualche giorno, e per ironia della sorte, la Sfiolini vince il concorso e inizia a lavorare per il Comune di Milano, esattamente a Gratosoglio, quartiere difficile dell'hinterland milanese. E' alta mora, e tremendamente sexy. Ha studiato dalle suore Orsoline di Verona sviluppando personali teorie pedagogiche miscelando con sapienza elementi di pedagogia occidentale con le antiche tradizione dei Samurai. Quando incontra sue colleghe di altri Comuni entra subito in conflitto. Fosse per lei i bambini li toglierebbe a tutte le madri italiane di cui, generalmente, non si fida per darle in affido a madri giapponesi, secondo lei più capaci ad allevare futuri uomini e donne efficienti e prone al sistema-stato. Non ha hobby. Li trova disdicevoli. Per ora non sente di avere raggiunto particolari traguardi perché il suo senso del dovere le impone di allontanare sempre il traguardo quando sta per raggiungerlo. Il suo legame più importante è suo padre di cui ha un grande rispetto. Non entra mai in una stanza prima di lui, non sale mai le scale prima di lui, non parla mai quando parla lui. Ha un buon carattere, si arrabbia soltanto con le sue colleghe, specie se di sinistra, che mal digeriscono i suoi metodi e cercano di ostacolarla, allora può comportarsi molto male atterrandole con violente mosse di MMA. Elisa Sakamoto Sfiolini recentemente è tornata in Veneto dove ha aperto *Spritz Combact*, una palestra di arti marziali da strada dedicata a psicologi e operatori sociali. Alle volte è presa da sconforto è vorrebbe essere una danese, atea, alta e bionda, senza sapere esattamente il perché. Il lavoro la logora, arriva alla fine della settimana e sogna di menare di santa ragione tutte le colleghe che le si pareranno davanti. Non conosceva

Lacan. ma se serve è disposta a studiarlo a fondo pur di ottenere il suo meritato momento di violenza sui ring clandestini allestiti dalla mala veneta.

Rosaria di Stefano

AKIRA KOBAYASHI
MAESTRA DI KINTSUGI

Akira, 57 anni, del segno dei pesci, originaria di un piccolo paese ai piedi del Monte Mihara, vulcano attivo dell'isola di Izu Oshima. La famiglia di Akira, padre autoctono e madre canadese decide di sfuggire alla lava trasferendosi a Regina, una città del Canada incredibilmente moderna rispetto agli standard dei Kobayashi, i quali, per mantenersi aprono un  Karaoke in periferia. Akira è una donna molto fragile ma di surreale fierezza, dalla voce acuta, tipico delle voci orientali, se non fosse letteralmente intrappolata dentro un corpo degno di una giocatrice di Rugby avrebbe sicuramente perseguito il suo sogno di cantare in un Musical. 1,85 per 120 kg, un enorme treccia corvina, due mani da latifondista e come unico cenno di femminilità, un rossetto color mandarino. Akira regge a malapena infanzia e adolescenza, segnata irreparabilmente dal frustrante lavoro nei Karaoke dove ahimè, ha sempre dovuto ascoltare flotte di ubriaconi canterini servendo fiumi di Sake'. Nonostante tutto, ancora giovane e ribelle la Kobayashi decide di volare il più lontano possibile dal Canada, trova ospitalità (imposta)in un villaggio immerso nella foresta in Brasile. La sua casa è all'interno di una sequoia e per il villaggio lei e il suo corpo da Marines diventano una sorta di divinità. Akira ha un unico obiettivo, quello di vincere il dualismo psicologico dell'avere una personalità duttile (come la creta) costretta ad abitare un palazzo di 12 piani senza decori ed è proprio attraverso la tecnica del Kintsugi che diventa un'esperta di fama mondiale non solo del mondo delle ceramiche ma per aver inventato una colla in grado di riattaccare i cocci: «Non vi è nessuno capace di scagliare al suolo gli oggetti come fa lei» disse Achille Bonito Oliva! Akira inventò la colla speciale grazie all'aiuto di un uomo del villaggio, svelerà nel corso della sua vita solamente un ingrediente all'anno, tutti i 22 del mese di agosto, data del suo matrimonio con il misterioso aiutante. All'alba dei suoi 57 anni la Kobayashi guadagna come uno sceicco del Qatar diffondendo la sua nobile tecnica, in molti, compreso non hanno compreso che la frustrazione del Kintsugi è vero il simbolo della Resilienza.

Silvia Ballabio

ZLATARELLA REGINA PETROVA
DIRETTRICE CIRCOLO DI SCACCHI

Nata da madre bergamsca e padre russo, Zlatarella Regina Petrova incarna la perfetta sintesi di culture così distanti che convivono in lei con grande naturalezza. Donna bellissima, fisico strepitoso, grazie anche alle migliaia ore di nuoto che ha praticato sin da bambina. Nata sotto il segno del Sagittario, a dispetto del suo oroscopo è l'acqua l'elemento naturale che più la contraddistingue.

Da piccina, nei suoi frequenti viaggi in Russia da papà Vladimir, prese l'abitudine di nuotare nelle acque gelide del fiume *Ob*, nei pressi di *Vorkuta*, Città natale del padre. Durante le allegre scampagnate sulle spiagge del mare di *Kara* era solita sfuggire all'attenzione dei genitori per tuffarsi repentinamente in acqua facendo prendere ai suoi terribili spaventi. Oltre ai tuffi nelle acque gelide la giovane Zlatarella amava giocare con Ken, il noto amico di Barbie, che lei chiamava con affetto Dimitri. La sua passione era quello di immergere Dimitri in una bacinella colma d'acqua e riporlo fuori dalla finestra aspettando che si congelasse per poi giocarci sottoponendo il giocattolo a strani esperimenti. La sera, all'ora della nanna, non voleva ascoltare le fiabe che papà Vladimir amorevolmente le raccontava, faceva finta di addormentarsi ed una volta sola divorava libri sui seminari di J. Lacan fino a notte tarda. A causa di queste sue bizzarrie alcuni amici di famiglia convinsero papà Vladimir a far visitare la piccola da uno psicologo, che però non potè far altro che consigliare di farle praticare molto sport, con la speranza che questo impegno potesse distrarla da quei strani giochi. La Petrova scelse la pallanuoto, disciplina che praticò ad altissimi livelli per tutta la gioventù diventando nel tempo un'ottima allenatrice. Da ragazza scelse come studi universitari Lingue e letterature straniere che studiò tra Milano e San Pietroburgo. Qui entrò in contatto con il *Cosmismo*, una corrente filosofica russa che promuove le potenzialità sconfinate dell'umanità. Inizia a frequentare filosofi e artisti e studiosi ed ebbe una storia d'amore persino con il pronipote di Nikolaj Fëdorov uno dei maggiori artefici di questa semisconosciuta corrente filosofica. Grazie a questa relazione comprese appieno la potente visione del Cosmismo e si convinse che l'uomo, grazie alla scienza, un giorno sarà in grado di generare una nuova razza umana immortale. A San Pietroburgo approfondisce gli studi sul crio-congelamento degli esseri umani che sperimenta lei stessa con alcuni suoi spasimanti-cavia. Rientra in Italia, si insedia a Lecco e apre uno circolo di scacchi in onore di Yuri Gagarin. Qui conoscerà alcuni uomini con i quali intraprenderà alcune relazioni amorose che la porteranno sull'altare ben cinque volte in pochi anni. In paese circolavano voci e pettegolezzi sulla Petrova, chi diceva che fosse una donna glaciale, chi in combutta con i russi per chissà quale strano affare. Purtroppo alcuni scacchisti iscritti al circolo scomparvero misteriosamente, così come i mariti della Petrova. Fu incaricata la Digos a svolgere le indagini su quelle misteriose sparizioni, ma i fatti non furono mai accertati. Dopo quelle inesplicabili vicende la Petrova si trasferì al caldo, sulle spiagge di Fortaleza, dove potè riprendere ad allenare la squadra di pallanuoto locale. Madre e donna realizzata, ora sbarca il lunario commerciando gas per la crio-congelazione prodotto dai suoi vecchi cari amici di San Pietroburgo.

C.C.

DEA DI LENNAH
MAESTRA DEL TEMPO AION

Dea Di Lennah, Molisana 42 anni, psicologa, donna affascinante, affetta da uno gioioso shopping compulsivo, generosa, vive la vita con entusiasmo. Si laurea in Psicologia a 25 anni a dispetto dei voleri dei genitori che l'avrebbero voluta suora come una sua vecchia Zia, Suor Clara da Bisaccia, che fece una rigida vita monacale alla quale Dea era molto affezionata. La sua

adolescenza è stata segnata dal continuo tentativo di sfuggire al rigido sistema valoriale imposti dai genitori e da un destino che pareva già segnato. Crescere Dea, per via del suo carattere ribelle però non è stata cosa semplice. I genitori infatti facevano molta fatica a contenere la sua esuberanza, non solo di giorno. Durante il sonno, infatti, lanciava delle fragorose urla in giapponese svegliando sistematicamente il vicinato. In queste notti agitate sognava di essere un'eroina del Sol levante che, grazie ad un sfavillante e magico kimono rosso sconfiggeva terribili nemici. I genitori imbarazzati da questa situazione tentarono diverse cure psicologiche, ma non ci fu niente da fare, la ragazza prendeva pace solo dopo aver bevuto un goccetto di Poncho molisano. Passato questo convulso periodo si appassionò ai fumetti manga e alla cultura giapponese che approfondì nei suoi studi. Studia psicologia antropologica con ottimi voti e presenta il suo lavoro di tesi unico nel suo genere evidenziando le grandi affinità tra la cultura samurai giapponese e quella molisana ricevendo molti attestati di stima dai vicini di casa. Dea è molto affezionata alle amiche d'infanzia con le quali ha un legame indissolubile. Condivide con loro momenti in compagnia, viaggi e passioni. Recentemente, dopo il lavoro spesso si reca in palestra per la Zumba molisana, una disciplina a metà strada tra l'aerobica e il ballo tradizionale. In amore per Dea non ci sono mezze misure, il suo approccio è totalizzante e per questo fatica a trovare l'amore della sua vita. Nessuno dei suoi ex ha capito l'essenza della sua richiesta d'amore: niente e nessuno deve esistere al di fuori di lei: *Perché a questo mondo è così difficile essere ossessive?!* – spesso pensava. Da lì a poco comprenderà quanto gli uomini sono stupidi e noiosi, incapaci di vivere la meravigliosa leggerezza della vita e si rintana per due anni nella biblioteca di Campobasso. Sublima l'amore fondando un movimento scientifico con il quale si batte per introdurre il concetto di tempo *Aion* nella vita di tutti i giorni. La Di Lennah inizia ad organizzare seminari e convegni a Montenero di Bisaccia per spiegare gli effetti positivi del tempo Aion riscuotendo un discreto successo davanti ad amici e parenti. L'attività convegnistica venne però bloccata dalla Guardia di finanza per uno strano coinvolgimento in un giro di orologi rubati che non è mai stato chiarito fino in fondo. Passati i guai giudiziari ora la Di Lennah si guadagna da vivere smerciando per il mondo Kimoni giapponesi grazie alla fittissima rete di parenti molisani emigrati all'estero.

C.C.

MARISTELLA SARLI DA ATENE
DIRETTRICE CIRCOLO FOTOGRAFICO

Nasce in Basilicata ad Accendura, 45 anni, manager e madre in carriera, irrequieta, testarda, energica, doti che mostra sin da bambina. Da ragazzina inizia ad odiare il suo paese. Lei si sente un pesce fuor d'acqua, si percepisce così diversa dai suoi concittadini che considera straccioni e mentecatti. L'occasione di fuggire via da Accendura le si presenta al momento di

iscriversi alle scuole superiori. Si trasferisce a Potenza dove consegue gli studi e sviluppa una fitta rete di amicizie e relazioni. Partecipa come volontaria al progetto di una ONG della città dove nasce la sua passione per cause civili in favore dei più deboli. Fonda con il suoi amici più stretti il movimento Uniti per la S.U.G.N.A. un'associazione giovanile studentesca attraverso la quale sperimenta le sue doti di leader. A 20 anni è un punto di riferimento per i giovani impegnati politicamente i quali la eleggono capo. Durante l'attività politica, iniziano per Maristella anche le prime relazioni amorose, ma la nomea da intellettuale che si era costruita, tiene alla larga quella tipologia di maschio rude che lei sogna: impazzisce per i camionisti, i meccanici, idraulici e così via. Le piace l'uomo rozzo e di poche parole capace di amarla con la giusta ruvidezza ed invece gli si presentano davanti solo intellettuali, pseudo scrittori, videomaker creativi, una pleura di depressi che l'annoiano a morte. La Sarli trova consolazione nel canto, in particolare le piace la Bertè che canta a squarciagola. Si iscrive all'università, impara tre lingue e inizia a lavorare in giro per l'Europa per vari enti. Aumentano i suoi interessi, Potenza inizia a starle stretta. Sogna la Grecia, le sue spiagge, i colori e soprattutto ha voglia di sapere cos'hanno di così particolare i pescatori greci. Atterra ad Atene avendo già diverse offerte di lavoro. Lavora assiduamente in centro città e le occasioni di godersi il mare sono meno di quelle che si aspettava. Anche qui in Grecia i suoi pretendenti sono figli di papà, neo laureati, intellettuali della sinistra greca, giornalisti, ma di pescatori greci nemmeno l'ombra. La Sarli sublima queste delusioni d'amore con l'arte, in particolare studia ed approfondisce la fotografia. Apre ad Atene uno studio dove porta avanti i suoi studi sulla foto-filosofia sperimentale di cui diventa un riferimento internazionale. La carriera professionale di Maristella è al massimo dello splendore, è arrivato tempo di accasarsi e si sposa felicemente con un'affasciante intellettuale greco diventando madre poco dopo. La gravidanza le dà modo di riflettere, passa pomeriggi interi a divorare Anduia calabra finché, raggiunto uno stato di semi-tranche è colta da illuminazione: decide di lasciare il suo affermato lavoro per rifarsi una nuova vita professionale. Vorrebbe aprire un chiringuito a Codogno, poi quasi per gioco partecipa ad un provino allo Zelig di Milano con un esilarante sketch su Loredana Bertè che sa imitare alla perfezione. Il noto teatro le offre un posticino, lei capisce finalmente qual è la sua vera vocazione: far ridere le persone. Lascia la Grecia e si trasferisce in Viale Monza a Milano. Ora vive di stenti ma è felice.

C.C.

Si ringrazia:

Editing:
Sonia Cicchitti,
Biografie personaggi:
Sonia Cicchitti, Arianna Ronchi, Daniela Corcella, Silvia Ballabio,
Jacopa Stinchelli, Rosaria di Stefano
Illustrazioni:
Giuseppe Mendola

contatti:
nonsipuomorireperlacan@gmail.com

La copertina è stata progettata usando le risorse di Freepik.com